Diogenes Taschenbuch 24327

Thomas Meyer

# *Rechnung über meine Dukaten*

Roman

Diogenes

Dieser Roman basiert auf historischen Personen,
Tatsachen und Begebenheiten, wie sie
der Autor in militärischen Bestandeslisten
und den weiteren Quellen gefunden hat,
die im Anhang aufgelistet sind.
Frei erfunden sind lediglich die verliebten
Riesen Gerlach und Betje.

Veröffentlicht als Diogenes Taschenbuch, 2015
Alle Rechte an dieser Ausgabe vorbehalten
Diogenes Verlag AG Zürich
www.diogenes.ch
150/15/8/1
ISBN 978 3 257 24327 7

*Gewidmet meinem Vater, der sich schließlich
doch noch damit anfreunden konnte, dass ich nichts
Rechtes gelernt habe.*

## Das erste Capitel

### Worin der König heiter der Ankunft eines neuen Riesen entgegenblicket

Friedrich Wilhelm der Erste, siebenundzwanzig Jahre alt, König in Preußen und Markgraf von Brandenburg, Erzkämmerer und Kurfürst des Heiligen Römischen Reiches, saß im Potsdamer Stadtschlosse in seinem Bette und freute sich.

Für diesen Nachmittag war ein neuer Riese angekündigt; ein Sachse aus der Gegend um Wittenberg.

Wittenberg lag an und für sich nicht weit, überlegte der König; zwei, allerhöchstens drei Tagesreisen. Wie hatten seine Leute diesen Riesen so lange übersehen können? Bezahlte er sie denn nicht gut dafür, alle großgewachsenen Männer dieser Welt zu finden und zu ihm zu schaffen? Schließlich suchte er nicht nach Mäusen, die durch jede Ritze entwischen können – er suchte nach Riesen! Und das nicht erst seit gestern.

Bereits loderte die Wut in Friedrich Wilhelm auf und damit die Frage, an wem er sie auslassen sollte. Doch die Aussicht, schon bald einen neuen Giganten in Empfang nehmen zu dürfen, vertrieb die dunklen Gefühle gleich wieder und ließ in seinem kugelrunden Antlitze ein Lächeln aufglänzen.

Er schlug die Decke zurück, entstieg dem Bette, schritt zum mit eiskaltem Brunnenwasser gefüllten Waschtroge hinüber, entledigte sich seines Unterhemdes, benetzte Gesicht, Arme und Brust, entnahm einem emaillierten Seifenfässlein eine wohlriechende Kugel venetianischer Seife mit Lilienöl, Amber und Zibet und wusch sich damit gründlich.

Auf ein Handzeichen trat sein Leibdiener Eversmann, der in angemessenem Abstande gewartet hatte, hinzu und bot ihm ein Handtuch aus feinem, schneeweiß gebleichtem Leinen dar. Friedrich Wilhelm nahm es entgegen, trocknete sich ab und kleidete sich Stück für Stück in seine Officiersuniform. Den Rock ließ er weg; die Arbeit am Schreibtische, mit der er seinen Tag zu beginnen pflegte, erledigte er in Weste und Hemd, über dessen Ärmel er nun Schoner aus Leinwand streifte. Er hatte sie eigens erfunden, nachdem diverse mit Tinte befleckte Hemden hatten entsorgt werden müssen. Schließlich zog er sich, zum weiteren Schutze der Kleidung, einen weißen Schurz über.

Natürlich hätte sich Friedrich Wilhelm jeden Tag hundert neue Hemden leisten können – er war der König. Doch wohin eine solche Denkart führte, hatte sein Vater Friedrich der Erste eindrucksvoll dargelegt, indem er seinem Sohne Schulden in Höhe von zwanzig Millionen Reichsthalern hinterlassen; angehäuft durch den Unterhalt von vierundzwanzig Schlössern, in denen continuierlich Opern, Maskeraden, Ballette und Concertos stattfanden und eine Vielzahl von Knechten, Pagen, Lakaien und Kämmerern umhereilte – kurz: durch Repräsentation, wie sie zwar üblich, aber auch ruinös war. Deshalb hatte Friedrich Wilhelm, kaum war er König geworden, die Schlösser bis auf deren sechs verkauft, sämtliches Silberzeug vermünzt und den Hofetat rücksichtslos zusammengestrichen. Er regierte, wie er stets gelebt hatte: ausgesprochen sparsam. Allerdings nicht aufgrund von Vernunft oder gar zugunsten des Volkes, sondern einzig dem Militair zuliebe, dem er sämtliche frei-werdenden Mittel zukommen ließ.

Ein munteres Liedchen pfeifend, begab sich der König über den knarrenden Parkettboden in sein Contor hinüber, aus dem, auch dafür hatte Eversmann gesorgt, der Coffee her-überduftete.

»Guten Morgen, Euer Königliche Majestät«, grüßte Eh-renreich Bogislaw von Creutz, Friedrich Wilhelms Geheim-secretair, bereit, die Tagesgeschäfte vorzutragen. Wobei es nach Ansicht des Königes heute nur ein Tagesgeschäft gab.

»Morgen, Creutz. Saget mal, wie groß ist eigentlich der Sachse, den Schmidt heute bringet?«

»Sehr groß, Euer Majestät«, antwortete Creutz, selbst ein großer Mann, was ihn bereits in die Dienste Friedrich Wilhelms geführt hatte, als dieser noch Cronprinz gewesen.

»Wie groß denn genau?«, fragte Friedrich Wilhelm auf-geregt und ergriff die Coffeetasse, um einen eiligen Schluck daraus zu nehmen. »Größer als der neue Venetier?«

Der Venetier Bernardo Petroni war enorm groß: sechs Fuß, sieben Zoll und einen Strich. Das war exact vermessen worden, immer wieder; oft auch mitten in der Nacht, weil der König plötzlich hochfuhr und Gewissheit haben wollte.

»Möglicherweise, Majestät«, antwortete Creutz, der die beachtlichen Körpermaße der Soldaten des *Rothen Leib-*

*bataillons Grenadier* ebenso im Kopfe trug wie die staatlichen Financen, »gemäß Schmidts letzten Informationen handelt es sich um einen annähernden Siebenfüßer.«

»Ein Siebenfüßer!«, riss Friedrich Wilhelm seine hellblauen Augen auf und machte einen Schritt rückwärts.

»Annähernd, Euer Majestät, annähernd sieben Fuß – gemäß Schmidt«, beschwichtigte Creutz.

»Annähernd sieben Fuß«, flüsterte Friedrich Wilhelm versunken, stellte die Tasse hin und trat zum Fenster, vor dem sich der einundzwanzigste April siebzehnhundertsechzehn nicht entscheiden mochte, ob er nun gewittrig werden wollte oder doch lieber heiter.

Creutz raschelte discret mit seinen Documenten, um die Unterhaltung voranzutreiben.

Friedrich Wilhelm wandte sich zu ihm um und fragte angstvoll: »Aber … ist das auch gewiss? Annähernd *sieben rheinische Fuß?*«

»Bis itzo hat uns Schmidt nur einmal enttäuschet, und Euer Majestät sind bestimmt erinnerlich, was das für ihn bedeutet hatte«, antwortete Creutz.

Friedrich Wilhelm lächelte und nickte. Er war durchaus erinnerlich, wie sein Bambusrohrstock wieder und wieder auf den Hoflieferer Schmidt niedergefahren, nachdem klargeworden war, dass der Riese, den dieser mit seiner Bande gefangen, ganze fünf Zoll kleiner war als angekündet.

Hernach war an der Zuverlässigkeit von Schmidts Evalvationen nie mehr etwas zu beanstanden gewesen.

## Das andere Capitel

### Worin ein sächsischer Bauernjunge unfreierdings nach Preußen reiset

Gerlach hatte von den Commandos gehört, die im Auftrage des preußischen Königes das benachbarte Ausland nach großgewachsenen Männern durchstreiften.

Auch hier, im eigentlich verbündeten Kurfürstentume Sachsen, waren angeblich schon Leute aus den Kutschen und den Kneipen geholt worden, und wenn Gerlach jeweils mit seinem Vater nach Wittenberg gefahren war, um das geerntete Korn zur Mühle zu bringen, hatten ihm die Leute lachend zugerufen: »Passe auf, so einen langen Kerl wie dich mag der Preußenkönig!«

Als aber aus dem großen Kinde ein echter Riese geworden, der im Sitzen manch Stehenden überragte, da hatten sie nicht mehr gelacht, sondern Gerlach angeschaut wie einen Sterbenskranken, mit dessen Ableben jederzeit zu rechnen ist.

Der Gutsbesitzer hingegen, dem Gerlachs Eltern als Grundholde verpflichtet waren, hatte eines Tages höhere Abgaben von ihnen gefordert, denn, so hatte er mit einem gutgelaunten Fingerzeige auf Gerlach gesprochen, wo einer mit der Kraft von zween arbeite, erwirtschafte er auch doppelten Ertrag.

Gerlach war fünfzehn, sechzehn und siebzehn Jahre alt geworden und immer größer und breiter, und nichts war geschehen; niemand hatte ihn vom Felde gezerrt und keiner vom Wagen heruntergerissen, und seine Eltern, die noch drei Töchter hatten, alle als Mägde auf fremde Höfe gegangen, hatten sich schließlich gefragt, ob an den Geschichten überhaupt etwas dran sei, der preußische König sammle Riesen für seine Armee.

Doch nun, da Gerlach mit gefesselten Händen im Sattel eines gescheckten Holsteiners saß, unterwegs in nördlicher Richtung zum Höhenzuge Fläming, der die Grenze zwischen Sachsen und Preußen markierte, hegte er keine Zweifel mehr an Friedrich Wilhelms entsprechenden Anstrengungen. Und sollte er noch welche gehabt haben, so trieben sie ihm Schmidts Banditen, die ihn eine Stunde zuvor brutal beim Melken überfallen hatten, endgültig aus.

»Freu dich auf das Exercieren, Riese!«, rief einer der sieben Räuber. Er hatte eine auffallend hohe Stimme.

»Und auf das Gassenlaufen!«, höhnte ein anderer neben ihm, während er seine Feldflasche entstöpselte.

Weit vorn auf der Landstraße, dem einzigen Zeugnisse menschlichen Wirkens in einer von Wäldern, Hügeln, Wiesen, Hecken und Flüssen beherrschten Umgebung, näherte sich ein Reiter im lockeren Galoppe.

»Ein falsches Wort und es ergehet dir schlecht«, sagte Schmidt; ein schlanker Mann mit schwarzkrausen Haaren, in dessen trüben braunen Augen stets ein mokanter Ausdruck lag.

Er hatte Gerlach bereits darauf hingewiesen, dass ein Fluchtversuch zum Gebrauche der Cavalleriepistole führen würde, die er am Gürtel trug. Davon würde er natürlich absehen; der Riese war viel Geld wert. Aber die Drohung, erschossen zu werden, wirkte eigentlich bei jedem.

Der Reiter, ein älterer Mann mit wehendem Weißbarte, zog an ihnen vorbei, zwei Finger lässig zur Hutkrempe erhoben. Gerlach sah nicht auf.

»Brav«, lobte Schmidt, nachdem die Huftritte hinter ihnen verklungen.

»Ihr habet kein Recht, mich zu entführen«, sagte Gerlach wütend.

Es waren die ersten Worte, die er von sich gab, seitdem er sich in der Gewalt von Schmidt und seinen Briganten befand, abgesehen von den erschrockenen Flüchen, die seine Gefangennahme begleitet hatten.

»Das stimmet«, bestätigte Schmidt. »Aber wir tun es trotzdem.«

»Ihr seid Banditen!«, rief Gerlach und zerrte vergeblich an seiner Fessel herum. Er würde die kunstgerechten Knoten niemals aufbekommen, selbst wenn man es ihn versuchen ließe.

»Auch das ist richtig«, sagte Schmidt, »berufsmäßige sogar.«

Die Männer lachten.

»Grobiane, die sich nie waschen und für ein paar Thaler alles machen!«, fügte der mit der hohen Stimme vergnügt an.

»Ich werde euch Kerlen den Hals umdrehen!«, rief Gerlach.

Wieder lachten alle.

»Das hingegen ist falsch«, entgegnete Schmidt väterlich, indem er einen Kanten Brot aus seiner Tasche holte. »Vielmehr wirst du ab morgen eine Uniform tragen und dem Preußenkönige dienen.«

»Niemalen!«

»Doch, gewiss. So machen es alle, die wir zu ihm bringen. Und die anderen, nun ja…«, sagte Schmidt und biss in sein Brot, »…die sind tot.«

»Ins Rad geflochten«, sagte der Räuber neben Gerlach obenhin.

»Noch vor dem Frühstücke aufgehänget«, wandte sich der vor ihm um und spuckte abermals aus.

»Nun, mein Lieber«, sagte Schmidt mit vollem Munde, »ich weiß nicht, wie du es siehest… aber auf mich machet deine Situation einen eher ausweglosen Eindruck.«

Gerlach musste ihm Recht geben.

## Das dritte Capitel
### Worin die Potsdamer ihren König fliehen

W as denket Ihr, Creutz …«, fragte Friedrich Wilhelm mit gespielter Betroffenheit, während er seinen Federkiel zuspitzte, »… werden wir wieder Post aus Kursachsen erhalten?«

Der König bekam regelmäßig Post aus dem Kurfürstentume Sachsen. Auch aus Hessen, Hannover, Mecklenburg und Schlesien.

Es waren Bitten, die Entführungen großer Männer einzustellen, falls sie, was man nicht hoffe und eigentlich auch nicht glaube, tatsächlich in der Verantwortung von Friedrich Wilhelm lägen, dem Hochverehrtesten, Allergnädigsten, Unüberwindlichsten, Durchlauchtigsten Könige in Preußen.

Später waren es Aufforderungen und schließlich Kriegsdrohungen, was Friedrich Wilhelm jedes Mal als persönlichen Insult auffasste, aber auch als großen Spaß.

»Gut möglich, Euer Majestät«, sagte Creutz.

Er hatte die Briefe jeweils abends im Tabakscollegium vorzulesen, wo der König und seine Gäste herzhaft über die Worte seiner Amtscollegen lachten und lustige Repliken aussannen. Friedrich Wilhelm freute sich schon auf das nächste Schreiben.

In der Hoffnung, es sei vielleicht bereits gekommen, zeigte er auf die Documente, die Creutz auf den Tisch gelegt, worunter auch ein Couvert, und fragte mit einem kleinen Aufnicken des Kinnes: »Was habet Ihr da mitgebracht?«

»Ein Schreiben von Professor von Gundling, Euer Majestät.«

»Was will der Tintenkleckser?«, fragte der König.

Creutz brach das Siegel, entfaltete den Brief und las. »Er suchet an, die Berliner Ritter-Academie wiederzueröffnen und ihn erneut als Vorsitzenden zu dingen«, sagte er schließlich und faltete das Schreiben wieder zusammen.

»Aber er ist doch in Pommern unterwegs, als Landesvisitator?«

»Nicht mehr. Er ist letzte Woche zurückgekehret.«

»Und einen Bericht hat er nicht mitgesandt?«

»Nein, Euer Majestät.«

Der König überlegte.

»Antwortet ihm, Wir gehen auf sein Begehren ein«, sagte er dann, in den Pluralis wechselnd, wie immer, wenn er sich officiell ausdrückte.

»Majestät?«

»Nun machet schon! Saget es ihm so und bestellet ihn für übermorgen Abend anhero!«

»Selbstverständlich, Euer Majestät.«

»Dann werden Wir itzo die Truppen besichtigen.«

»Jawohl.«


Friedrich Wilhelm ging in sein Gemach, wusch sich die Hände, entledigte sich der Ärmelschoner und tauschte den

Schurz gegen den blauen Officiersrock aus bestem Tuche, nachdem er sich von Eversmann eine schwarz-silberne Escarpe um den kurzen, fülligen Leib hatte schlingen lassen. Dann setzte er sich die kleine, von seinem Leibdiener frühmorgens frisch gepuderte Perücke mit dem von Taft umhüllten Zopfe aus schwarzem Frauenhaar auf das kurzgeschnittene eigene rotblonde und darauf wiederum seinen goldbetressten Officiers-Dreispitz.

Vor dem großen ovalen Spiegel, in den er zur Prüfung seines Tenues blickte, stellte er wieder einmal fest, dass er noch immer seine weiße, zarte Haut besaß, die trotz allen ölgetränkten Sonnenbädern einfach kein soldatischeres Aussehen annehmen wollte. Er sah noch immer aus wie ein gepuderter Französling.

Doch das vermochte ihn heute nicht zu betrüben. Denn heute kam ein neuer Riese, annähernd sieben Fuß lang, *sieben Fuß!* Eine Rarität, jahrelang unausgewittert, die nun in den ehrenvollen Dienst der preußischen Armee eintreten würde.

Und als wollte auch der Himmel seine Freude darüber bekunden, drang nun die Sonne durch die Wolken und goss ihr Licht über Potsdam aus.

Nachdem der König die angetretenen Grenadiere besichtigt hatte, wobei er auch ihre Hände und ihre Hälse auf deren Sauberkeit hin zu prüfen pflegte, sie fragte, wie alt sie seien, wie lange sie schon dienten und ob sie richtig Löhnung und Brot bekämen, unterwies er die Männer zwei Stunden lang in den sechs gleichmäßigen Tempi, in denen der Ladestock in den Lauf der Flinte und wieder heraus zu bringen war.

Danach kehrte er zurück ins Schloss, wusch sich die Hände, stieg in seine knielangen Reitstiefel und unternahm, nachdem er sich abermals die Hände gewaschen, von einem Adjutanten begleitet seinen morgendlichen Ausritt.

Während ihre beiden Pferde gemächlich nebeneinander hertrotteten und hin und wieder mit einem Ohre wackelten, constatierte Friedrich Wilhelm, dass sich Potsdam gewaltig verändert hatte, seit er drei Jahre zuvor an der Spitze seines Leibbataillons in das Fischerdörflein an der Havel eingerückt war und im Stadtschlosse Quartier bezogen hatte. Die sechshundertvierzig Riesen des Bataillons waren in den Fachwerkhäusern jener Bürger einquartiert worden, deren Stellung oder Vermögen nicht ausreichte, um sie vor dieser Maßnahme zu verschonen.

Unmittelbar danach hatte der König begonnen, Potsdam zur Garnisonsstadt auszubauen. Er ließ die ältesten der schilfbedeckten Häuser niederreißen und neu errichten sowie überall Öllaternen aufstellen, die in Berlin abmontiert worden waren. Und weil er vor dem Schlosse einen Exercierplatz haben wollte, ordnete er an, den Lustgarten zu planieren, den sein Großvater Friedrich Wilhelm von Brandenburg einst dort angelegt hatte; im Ansinnen, damit gegen den Garten von Versailles anzutreten. Die Boskette und Broderien wurden ausgerissen, die Statuen eingeschmolzen und zu Canonen gegossen.

Der König und sein Adjutant kamen an einer der zahlreichen Baustellen vorbei, wo gehämmert und gesägt, gespachtelt und geschliffen, geflucht und gezotet wurde, derweil vor der Bandfabrique gegenüber ein Wagen mit Kisten voller Zopfbänder für die Armee beladen wurde. Es ging sichtlich vorwärts mit Potsdam.

Und doch, etwas bedrückte Friedrich Wilhelm.

Ihm war, als wichen ihm die Menschen aus.

Solche, die ihm entgegenkamen, verschwanden plötzlich in den Seitenstraßen.

Andere kehrten auf der Stelle um.

Oder eilten in eine Schenke.

Und dieses weinende Kind da – zeigte es nicht auf ihn?

Als schließlich ein altes, schiefes Männchen dahergeschlurft kam und, des Königes zu Pferde ansichtig, voller Leben geriet und einen Sprung in die nächste Gasse hineinmachte, da wollte es Friedrich Wilhelm genau wissen.

»Holet den da mal herbei«, sagte er zum Adjutanten.

Der nickte, spornte sein Pferd, preschte um die Ecke und kam gleich darauf zurück, dem Alten von oben die flache Klinge seines Säbels in den Rücken haltend und ihn dieserart vor sich herschiebend.

»Warum ist Er vor Uns davongelaufen?«, fragte der König, nachdem er aus dem Sattel gestiegen.

Das Männchen hatte seinen Hut abgenommen und starrte auf den mit Excrementen, Küchenabfällen und weiterem Unrate bedeckten Boden. Es stand so krumm da, als würde es sich demnächst ganz hinunterbeugen und etwas Ekelhaftes aus dem Schlamme heraufklauben wollen.

»Gebe Er Antwort!«, donnerte Friedrich Wilhelm.

»Weil…«, flüsterte das Männchen; man hörte es kaum, da hinter ihm ein Schwein grunzend die Straße querte.

»Ja? Bitteschön?«

»Weil ich mich fürchte, Euer Königliche Majestät.«

»Wovor?«

»Vor Euch… Euer Königliche Majestät«, hauchte das Männchen und hielt sich an seinem Hute fest.

»Fürchten? Aber… weshalb?«

Der König war ehrlich interessiert. Doch das Männchen gab keine Antwort mehr. Es stand bloß gebückt da und schauerte.

Einen Moment lang geschah nichts.

Dann rief der König: »Er solle Uns nicht fürchten – lieben solle Er Uns!«

Das Männchen schien keinen Weg zu finden, dieser Auf-forderung auf die Schnelle nachzukommen; es krümmte seinen Rücken noch mehr und sah jetzt aus wie ein mor-sches Tischchen.

»*Sackerment, sage Er etwas!*«, brüllte der König.

Nun war das Männchen ganz erstarrt; es zitterte nicht einmal mehr.

Der König hob seinen Rohrstock, den er in seiner Sattel-tasche mitgeführt, und begann, auf das Männchen einzu-prügeln. Es schrie auf, blieb aber stehen in seiner Gebückt-heit, und der König hieb weiter auf seinen kleinen Rücken hinunter, wieder und wieder; rief, er wolle geliebet werden, nicht gefürchtet, dazu gebe es keinerlei Grund! Keinen!

Der Adjutant sah sich das alles ganz ruhig vom Pferde aus an, die linke Hand lässig auf den Oberschenkel gelegt.

Schließlich brannten dem Männchen der Rücken und dem Könige der Arm.

»Euer Königliche Majestät, ich werde Euch lieben, ich werde Euch ja lieben«, sprach das Männchen in den Dreck zu seinen Füßen hinab.

»Gut«, sagte der König.

Geliebt zu werden war ihm wertvoll.

Er bestieg sein Pferd und machte sich, anstatt die übliche Route zu vollenden, auf den Weg zurück zum Schlosse. Denn womöglich wartete dort ja bereits der neue Riese auf ihn.

## Das vierte Capitel

### Worin es einer großen Conditorstochter gelinget, ausnahmsweise nichts fallenzulassen

Zwanzig warme Krapfen schwebten zügig durch die Backstube.

Betje Jacobs, die das Blech trug, auf dem sie lagen, bemühte sich, ihre Füße so voreinanderzusetzen, dass sie sich nicht gegenseitig in die Quere kamen oder, was noch häufiger vorkam, irgendwo hängenblieben.

Doch alles ging gut, und sogar die Schwelle der Verbindungstür, üblicherweise einer von Betjes schlimmsten Widersachern, gewährte ihr heute freien Zutritt zum Verkaufsraume. Sie stellte das Backblech auf dem Tresen ab, wo es einen Sonnenstrahl auffing.

»Sind noch alle drauf?«, fragte ihr Vater nachsichtig, der Conditormeister Gerd Jacobs, Sohn eines niederländischen Einwanderers.

»Ja, *vader*«, sagte Betje stolz.

Ein dicker junger Mann, dem ihre Mutter nebenan gerade laut plaudernd ein großes Stück Bienenstich in den Korb legte, starrte Betje an.

Viele Männer starrten Betje an. Das lag zum einen an ihrer Größe. Betje war eine Riesin.

Zum anderen lag es an ihrem Liebreize. Betje war eine ausnehmend schöne Riesin.

Und eine traurige.

Fand ein Mann den Mut, sich ihr huldreich zu bezeigen und sie zu einem Spaziergange aufzufordern, so wirkten die beiden dabei wie Mutter und Sohn, weswegen diese Ausflüge jeweils kurz und ohne Wiederholung gerieten.

Und so brachte Betje Jacobs, zwanzig Jahre alt, sechs Fuß und zwei Zoll groß, ebenso warmherzig und hübsch wie ungelenk, mit blutorangefarbenem Lockenhaare, auf dem eine weiße Leinenhaube saß, und langen Augenbrauen, die wie die Schwingen eines segelnden Raubvogels über ihren apfelgrünen Augen standen, ihre Tage in der Backstube ihrer Eltern zu, schleppte Säcke mit Zucker und Mehl, knetete Teig, rollte ihn aus, schob Bleche in den Ofen, zog sie wieder heraus, trug sie, falls sie nicht damit stolperte, zu ihren Eltern hinüber und fragte sich, ob es wohl irgendwo auf der Welt einen Mann für sie gebe; einen, der so groß war wie sie oder gern noch etwas größer.

Die Riesen des in Potsdam in Garnison liegenden Leibbataillons erfüllten diese Bedingung zwar mit Leichtigkeit.

Doch erstens kamen viele der *Langen Kerls,* wie die Potsdamer sie nannten, von weit her und sprachen für Betje vollkommen fremde Sprachen.

Zweitens waren sie Soldaten. Sie benötigten für alles eine Erlaubnis und konnten nicht einfach so eine Frau ansprechen und ausführen.

Und drittens gehörte die Familie Jacobs der Glaubensgemeinschaft der Mennoniten an. Und damit waren Betje und ihre Eltern sowohl dem Friedenszeugnisse wie der Gewaltlosigkeit verpflichtet.

Sie an der Seite eines Soldaten, das war so wahrscheinlich wie eine Allianz zwischen Österreich und Frankreich.

Betje trug das leere Blech zurück und gab ein tiefes Seufzen von sich.

## Das fünfte Capitel
### Worin der König enttäuschet schlafen gehet

Friedrich Wilhelm der Erste, König in Preußen und Markgraf von Brandenburg, saß im Potsdamer Stadtschlosse in seinem Bette und ärgerte sich.

Der Riese war nicht gekommen.

»Wie erkläret Ihr es Euch, Creutz?«, fragte er zum dritten Male.

»Schmidt musste wohl den passenden Moment abwarten, Euer Majestät«, antwortete der Gefragte erneut, mit einem Kerzenleuchter neben dem Bette des Königes stehend, »vermutlich befand sich der Gesuchte in Gesellschaft. Das erschweret den Zugriff.«

»Schmidt meinte: heute«, sagte der König verbockt.

»Er wird bestimmt morgen kommen«, tröstete Creutz seinen Gebieter.

»Ich will meinen Sachsen aber itzo!«

»Ich bin sicher, Euer Majestät werden ihn morgen erhalten.«

Friedrich Wilhelm sah sich in seinem Schlafzimmer um, als überlegte er, wo er den Sachsen am liebsten hinstellen würde.

Platz gab es genug, denn er mochte leere Räume, freie

Böden und weiße Wände, die er einzig mit Portraits seiner Regimentscommandeure und einiger großer Grenadiere sowie mit Werken holländischer Meister schmückte.

»Warum gehet immer alles so langsam, Creutz?«, fragte der König müde und legte sich ins Kissen hinab.

»Selbst Gott brauchte sechs Tage, um die Welt zu erschaffen, Majestät.«

»Immer gehet alles so langsam, Creutz«, flüsterte Friedrich Wilhelm mit geschlossenen Augen.

»Ja«, sagte Creutz.

*Ich will endlich etwas essen,* dachte er.

»Alles so langsam«, sagte Friedrich Wilhelm langsam.

»Ja«, sagte Creutz.

Er wartete, bis der König anfing zu schnarchen, und verließ das Schlafgemach.

Vor der Tür drückte er Eversmann den Leuchter in die Hand und begab sich stracks in die Küche.

## Das sechste Capitel

### Worin Betjes und Gerlachs Herzen füreinander zu schlagen beginnen

Am nächsten Tage, kurz nachdem die Kirchenglocken die elfte Stunde geschlagen, erspähte die Schildwache beim Zollhause vor der Langen Brücke sieben Reiter, die sich auf der Landstraße von Drewitz her näherten und gerade die Meierei passiert hatten.

»Wer da! Welches Volk!«, rief der Corporal, als die Gruppe in Rufweite gekommen war.

Der Soldat, der mit ihm Dienst tat, legte den gestreckten Zeigefinger neben den Abzug seiner geladenen Flinte und hielt den Daumen bereit, um den Hahn zu spannen.

»Schmidt, Preuße, aus Berlin«, antwortete Schmidt aus einiger Entfernung. »Ich habe eine dringende Lieferung für den König.«

Der Corporal winkte ihn heran und prüfte die Papiere.

Gerlach hatte keine. Der Corporal fragte weshalb.

»Er ist die Lieferung«, sagte Schmidt.

Seine Männer grinsten.

Der Corporal, ein hagerer junger Mann mit schlechter Haut und geringem Kinne, blieb ungerührt und wollte wissen, ob Schmidt gedenke, des Nachts in der Stadt zu bleiben, und wo er logieren wolle.

Schmidt beantwortete alles. Unter ihm begann sein Pferd, geräuschvoll zu urinieren.

Der Corporal retournierte die Papiere und nickte dem Soldaten zu, woraufhin dieser den Weg freigab und sich wieder neben das Schilderhaus stellte.

Die Reiter setzten sich in Bewegung und reihten sich bald zwischen die zahllosen Fuhrwerke, die mit ratternden Rädern in Potsdams Straßen verkehrten. Eines hatte Körbe mit Fisch aus den nahen Gewässern geladen; Hecht, Karpfen, Barsch, Plötzen und Zander; ein anderes brachte Kisten mit neuen Steinschlossgewehren aus dem Hochstift Lüttich in die Stadt und wurde von einer Abteilung Soldaten begleitet, die bereits solche Gewehre trugen, das blitzende Bajonett aufgepflanzt.

Sie waren eine augenfällige Erscheinung in ihren schmalgeschnittenen, in *Berlinisch Blau* gefärbten Röcken mit den scharlachroten Aufschlägen an den Ärmeln und im Rücken, dem über der Brust offen getragenen, ebenfalls roten Camisol und den kniehohen weißen Gamaschen mit Messingknöpfen. Achtungsvoll teilte sich das Volk vor dem nahenden Convoi.

Marktleute schrien ihre Ware aus; es gab Zwiebeln, Schmalz, Käse, Eier und Sauerkraut zu kaufen, ferner Tiere in diversen Stadien ihres Lebens. Während bei einem Vogelhändler, der inmitten eines wahren Berges aus Käfigen stand, ein unbeschreibliches Gekreisch obwaltete, wuchtete ein Fleischer eine Schweinehälfte auf eine aufgebockte Holzplatte, rieb sich die blutigen Hände an der Hose ab und rief: »Frische Sau!«

Eine üppige junge Zigeunerin las einer älteren Frau mit schnellen und dramatischen Worten die Zukunft aus der Hand. Die Frau starrte gebannt auf ihre Handfläche.

Ein Zahnreißer wartete gelangweilt auf Kundschaft, den Fuß auf seinem Schemel aufgestellt und ein Instrument von den Spuren des letzten Einsatzes befreiend.

Vor einem Ladengeschäfte stand ein Mann und verglich die Wirkung zweier verschiedener Zwicker, während der Optiker neben ihm einen dritten bereithielt und auf ihn einredete.

In einer Sänfte, die vorbeigetragen wurde, schlief ein alter adeliger Herr und wirkte mit seinem taumelnden Kopfe wie tot.

Von überallher rangen verschiedenartigste Anblicke, Klänge und Gerüche um Gerlachs Aufmerksamkeit. Doch als er der großen jungen Frau mit dem aufgesteckten, von einer Haube bedeckten goldroten Haare ansichtig wurde, die ihm weit vorn in weißer Schürze, blauer Jacke und grünem Rocke entgegenkam, ihre Umgebung deutlich überragend, gaben sich alle übrigen Reize geschlagen.

Gerlach war, als hätte der Schöpfer sein schönstes Werk, das er jahrtausendelang bei sich behalten, weil die Menschen für eine derartige Anmut noch nicht reif waren, nun auf Erden hinabgestellt, genau vor ihn hin, und diesem Wesen einen Korb voller Krapfen in den Arm gelegt. Ein wehes Leuchten erfüllte seine mächtige Brust.

Im selben Momente, als hätte jemand nach ihr gerufen, hob Betje ihren Blick und sah in das hübsche, scharfgeschnittene, von einem weizenblonden Barte umstandene Gesicht eines großen Reiters, dessen muskatbraune Augen sie zart betrachteten. Ihr Körper reagierte auf insgeheime, aber mannigfaltige Weise.

Sie ließ ihren Korb sinken und blieb stehen, während Gerlach, der seinen Blick nicht von ihr lösen konnte, auf seinem Pferde langsam durch die Menge näherkam.

Beide empfanden die Vertrautheit, die aus dem Nichts zwischen ihnen entstanden war, beinahe als schmerzhaft.

Als er sie kreuzte, fiel Betje auf, dass der Fremde an den Händen gefesselt war und einer seiner Begleiter die Zügel seines Pferdes hielt.

Er konnte kein Verbrecher oder Deserteur sein, überlegte sie, sonst hätten ihn Soldaten begleitet. Doch da die Männer, mit denen er unterwegs war, selbst aussahen wie Missetäter, erahnte Betje, dass dieser Mann, wie schon mancher vor ihm, verschleppt worden war, um dem Könige als Zierde zu dienen. Was die Menschen einander in Sachsen erzählten, war auch in Potsdam zu erfahren, und zu sehen ohnehin: dass der preußische König überall Riesen haschen ließ, um sie seinem Bataillon einzuverleiben.

Falls Betje den fremden Mann also jemals wiedersehen sollte, dann in einer Soldatenuniform; als einen, der es bald erlernen würde, mit Gewehr und Säbel zu hantieren, Canonen zu bedienen, Festungen zu stürmen, Feinde niederzustechen und weitere Dinge zu tun, die nicht zu vereinen wären mit ihrer Religion. Oder besser: mit der Religion ihres Vaters. Er würde ihr den Umgang mit einem solchen Menschen niemals erlauben.

Und obgleich sich auch Betje eine Welt ohne Flinten und Canonen und Krüppel und verheertes Land wünschte, so musste sie sich doch eingestehen, dass der Fremde, der sich von ihr wegbewegte, mit weiterhin zu ihr gewandtem Haupte, bestimmt sehr adrett aussehen würde in einer preußischen Uniform.

In solch heitertrübe Gedanken vertieft, brachte sie ihr Gebäck zu einem Gasthofe, ging zurück zur Conditorei, fiel zweimal fast hin, übernahm von ihrem Vater, der sie fragte, warum sie so fröhlich sei, das halbvolle Blech roher Krapfen, füllte es auf, legte sie in heißes Butterschmalz, rieb die Hände an ihrer Schürze ab und malte sich aus, wie sie mit dem großen, schönen Manne am Ufer der Havel promenierte und ihn im Schutze einer der zahlreichen Weiden küsste, wobei sie ihren Kopf ergeben in den Nacken fallenließ und ihn nicht, wie bei solchen Gelegenheiten üblich, zu den bizarr hochgestreckten Lippen ihres Verehrers hinabsenken musste.

Eine schöne Vorstellung.

So schön, dass die Krapfen schwarz und bitter wurden.

## Das siebente Capitel
### Worin ein Premierlieutenant gefuchtelt wird

Auf dem Sandboden vor dem Potsdamer Stadtschlosse, wo vor nicht allzu langer Zeit noch Rosen geblüht, exercierten etwa zweihundert Grenadiere den Gleichschritt. Tambours schlugen dazu den Takt. Soeben führten die Soldaten auf ein scharfes Commando hin eine Wendung nach links aus.

Alle waren mindestens einen Kopf größer als ihre Cameraden in der Stadt und trugen nicht wie diese einen schwarzen Dreispitz, sondern mächtige Grenadiermützen; einen Fuß hoch, mit blauem Mützensacke und rotem Vorderschilde, auf dem ein achtzackiger silberner Stern prangte, worunter mit gelber Wolle die Wörter SEMPER TALIS eingestickt waren.

Die Männer wurden dadurch noch länger, als sie es bereits waren; der orangefarbene Wollpuschel an der Mützenspitze – eine kleine Reverenz gegenüber Friedrich Wilhelms Großmutter Luise Henriette von Oranien – befand sich bei einigen von ihnen mehr als acht Fuß über dem Boden.

Sie waren die Leibcompagnie des Bataillons, vom Könige persönlich befehligt.

Die Gewaltigsten der Gewaltigen.

Die Schönsten der Schönen.

Friedrich Wilhelm, der mit einigen hohen Officiers vor dem Schlosse stand, beobachtete seine Mignons allerdings höchst missmutig. Die Sache mit dem Gleichschritte klappte, wie er fand, überhaupt nicht. Wohl wurde in einem ungefähren Maße aufgetreten, aber keinesfalls im exacten. Die einzelnen Männer waren noch immer deutlich herauszuhören.

Der König ging in die Hocke, um die vorbeimarchierenden Züge von der Seite inspizieren zu können. Der bildliche Eindruck deckte sich mit dem klanglichen: Pro Glied waren nicht zwei Beine zu sehen, sondern ein ganzer Fächer davon, und das gleich in jedem Gliede in jedem der vier Züge. Es war ein einziges Ärgernis. Zumal der König ohnehin schlechte Laune hatte, weil sein Sachse noch immer nicht geliefert worden war.

»Haltet an!«, rief er, nachdem er sich aufgerichtet.

Die Soldaten kamen zum Stehen. Doch auch dies gelang nicht im Takte; im Zuge von Premierlieutenant August Friedrich von Graevenitz, einem Schönling mit langem gewelltem Haare, den Friedrich Wilhelm heimlich um seinen Teint beneidete, wurde der Grenadier Christian Rammelt derart vom Befehle überrascht, dass er seinen Vordermanne Jacco Tarden in dessen titanischen Rücken rempelte.

Tarden fiel die Grenadiermütze vom Kopfe. Er hob sie hastig hoch, klopfte sie ab und setzte sie wieder auf, während er Rammelt mit einem vernichtenden Blicke bedachte.

Graevenitz wandte sein hübsches Haupt zu dem Geraschel und Geklapper in seinem Rücken, trat lächelnd zu Rammelt hin, dessen Cameraden sich unmerklich etwas von ihm wegbewegten, und hob gemächlich seinen Rohrstock.

Rammelt hielt die Arme vor seinen Kopf.

»Arme runter«, sagte Graevenitz und strich sich mit der freien Hand eine Strähne hinters Ohr.

Rammelt winselte hinter seinen Fäusten hervor.

»Arme runter, Kerl, oder ich lasse Ihn arquebusieren«, sagte der Premierlieutenant in einer Art, wie man jemandem die Wahl lässt zwischen zwei Sorten Confiture.

Rammelt ließ die Arme etwas sinken und blickte ängstlich über sie hinweg.

Graevenitz holte aus. Sein Stock traf Rammelt hart an der Stirn und ließ ihn laut Weh schreien.

Der Officier lobte den Grenadier für seinen Gehorsam, lächelte, wandte sich um wie ein Tänzer und federte zurück an seinen Platz, wo ihn der König mit gezogenem Säbel erwartete.

Graevenitz riss seine großen felsgrauen Augen mit den langen Wimpern auf, da hatte Friedrich Wilhelm ihn auch schon mit der flachen Klinge auf die Wange geschlagen. Der Gefuchtelte kreischte auf und taumelte zur Seite, während die anderen Officiers kurze Blicke tauschten.

»Die Truppe marchieret zu Gottes Erbarmen, Graevenitz! Und in Eurem Zuge stehet es besonders schlimm«, schimpfte der König, schob seinen Säbel zurück und ging daran, die in Unordnung geratenen Quasten seiner Escarpe zu sortieren.

»Euer Majestät!«, rieb sich der Officier fassungslos die brennende Wange.

»Schweiget!«, rief der König. »Wir wollen beim Marchieren einen einzigen Kerrel hören. Nicht alle hundertvierundachtzig. *Einen!*«

Zu diesem Worte zeigte Friedrich Wilhelm mit gelbledern behandschuhtem Finger mitten in Graevenitzens hübsches Gesicht hinein.

Der nickte heftig, wobei sein Haar seiden im Nacken herumwogte und der messingene Officiers-Ringkragen klapperte: »Einen, Euer Königliche Majestät, einen! Verstanden!«

»Exercieret weiter. Und exercieret vor allem härter.«

»Härter, Euer Majestät, verstanden!«

»Fünfundsiebzig Schritt in der Minute, nicht mehr und nicht weniger!«

»Fünfundsiebzig, jawohl!«

»Und wenn nochmals eine der Mützen fället, fället als Nächstes Euer Kopf.«

»Jawohl, Euer Majestät«, sagte Graevenitz.

»Recht, recht«, sagte Friedrich Wilhelm, kontrollierte noch einmal seine Quasten und holte, weil er die Mittagsstunde erahnte, seine Savonnette heraus. Er ließ den Sprungdeckel aufklappen und sah, dass es tatsächlich kurz vor zwölf war.

Er commandierte laut: »Links umkehret Euch! *Front!*«

Die Soldaten wandten sich alle zu ihm, stießen die Brust heraus und knallten die Hacken zusammen; zur Freude des Königes alle auf einmal.

»Ein Soldat muss mit *bon air* exercieren«, rief er mit seiner lauten Stimme über den Platz, »nicht zittern, nicht stöhnen, nicht krumme Knie haben! Und es muss kein Kerrel unter währendem Exercieren den Kopf rühren, sondern ihn beständig nach der rechten Hand haben!«

Niemand zitterte, keiner stöhnte.

»Rechts umkehret Euch! *Marche!*«, rief der König.

Die Soldaten traten weg.

Einige von ihnen würden die Weinstuben und Bierschenken aufsuchen, die sie dank königlicher Lizenzgebung betrieben, und dort mit eingezogenem Kopfe ihre Gäste bewirten, die gern beim Riesen einkehrten; andere die angefangenen Strickarbeiten wieder aufnehmen, mit denen sie sich ein Zubrot verdienten.

Liebevoll und mit im Rücken verschränkten Händen sah ihnen der König nach, murmelte lächelnd: »Meine blauen Kinderchens«, und wandte sich Major Andreas Joachim von Kleist zu, dem stellvertretenden Commandeur des Bataillons.

## Das achte Capitel

### Worin der König endlich seinen neuen Riesen in Empfang nehmen darf

Schmidt und seine Räuber hatten inzwischen das Stadtschloss erreicht.

Sie holten Gerlach vom Pferde herunter und warteten, bis der König das Exercieren beendet hatte.

»Dann wollen wir dich mal versilbern«, sagte Schmidt, packte Gerlach am Oberarme und zog ihn zum Könige.

Als sie sich näherten, sprach Friedrich Wilhelm gerade zu Major von Kleist: »... das Schönste im ganzen Exercieren und Marchieren ist, wann ein Kerrel sein Gewehr gut träget.«

Kleist, ein Mann, an dem alles streng war, die Haltung, der Blick, die Stimme und sogar sein Lachen, nickte. »Und das Gewehr muss mit mehrenteils ausgestrecktem Arme feste und gerade auf der Schulter, nämlich eben nicht zu nahe am Kopfe noch unten zu weit von dem Leibe getragen werden.«

Kleist nickte.

Sein Adjutant schrieb alles mit.

»Und der Lauf muss recht auswärts kommen und der Bügel feste an den Leib gedrücket werden, dass sich das Gewehr nicht rühre«, fuhr der König fort und zeigte mit seinen Armen, was er meinte.

Der Adjutant schaute mit gekrauster Stirn zu und versuchte eine Zeichnung.

»Darauf soll allzeit in allen Paraden und im ganzen Dienste scharf gesehen werden!«

Kleist bestätigte: »Allzeit, Euer Majestät.«

»Wir werden uns an Euch halten, Major von Kleist, sollten Wir finden, dass die Soldaten das Gewehr nicht gemäß Unserer Vorschrift tragen«, tippte der König seinem Stellvertreter dreimal auf die Brust.

Der wusste nicht recht.

Der König lachte: »Aber, lieber Major! Es war doch nur mein Scherz!«

Kleist lächelte gequält.

Friedrich Wilhelm grüßte ihn schneidig.

Kleist erwiderte den Gruß und entfernte sich.

Friedrich Wilhelm sah ihm mit gekniffenen Augen nach. *Natürlich werde ich mich an ihn halten,* dachte er bei sich.

»Euer Durchlauchtigste Königliche Hoheit!«, rief Schmidt.

Friedrich Wilhelm drehte sich um, erblickte Schmidt und hinter diesem den Riesen Gerlach.

*»Der Sachse! Mein Sachse ist da!«,* krähte er voller Freude, kam auf Gerlach zugerannt, blieb dicht vor ihm stehen und schaute ihn von oben bis unten an und wieder hinauf; er musste sich weit nach hinten lehnen und suchte mit kreisenden Händen nach Worten, um Gerlachs Wuchs und Schönheit zu preisen. Er fand keine, so ergriffen war er, also wandte er sich Schmidt zu und drückte ihn an sich und küsste ihm die Wangen, Tränen auf den seinen, und stammelte leise Worte des Glückes.

Schmidt stand etwas steif da.

Gerlach sah auf den wunderlichen kleinen Regenten hinab.

Das war der Preußenkönig?

Dieser Verrückte?


»Creutz! Creutz!«, rief Friedrich Wilhelm zum Schlosse hinauf, nachdem er sich aus der Umarmung mit Schmidt gelöst und die Augen getrocknet hatte.

Alle sahen zur Fassade hoch. Nichts geschah. Man wusste auch nicht recht, wo etwas hätte geschehen sollen; das Schloss hatte viele Fenster.

»*Geheimsecretair Creutz!*«, brüllte der König sehr laut.

Eines der Fenster ging auf.

Creutz streckte den Kopf heraus: »Majestät?«

»Sehet!«, frohlockte unten der König und wies wieder und wieder auf seinen neuen Riesen: »Sehet!«

Creutz sah zu Gerlach hin und sagte: »Schön, Euer Majestät.«

Er zog den Kopf wieder zurück.

»Creutz!«, rief der König.

»Ja?«, kam Creutzens Haupt wieder hervor.

»Ist er nicht ein schöner Kerrel?«, rief der König entzückt.

»Doch, sicherlich.«

Der König sah Gerlach an, überlegte einen Moment und rief dann zu Creutz hinauf: »Er ist schöner als der neue Pole!«

»Auf jeden Fall.«

»Wie heißet der Pole nochmals?«

»Nitzetzky.«

»Genau! Schöner als Nitzetzky!«

»Ja.«

»Viel schöner!«

»Viel, Euer Majestät«, sagte Creutz, verharrte noch einen Augenblick und verschwand.

»Creutz!«

»Majestät?«, erschien Creutz abermals.

»Bringet das Geld!«, rief der König und zeigte auf Schmidt. »Dieser Mann hat unserer Armee ein achtbares Splendeur verschaffet. Er hat seinen Lohn redlich verdienet.«

»Jawohl, Euer Majestät.«

»Und die Messlatte!«

»Natürlich.«


*Redlich, soso,* dachte Creutz, als er das Fenster schloss.

Er hatte die Katastrophe arithmetisch längst erfasst: Alles in allem, mit Information, Desinformation, Bestechung des Gutsherrn, Verpflegung und Transport, kostete der Sachse den preußischen Staat über fünfeinhalbtausend Thaler.

Zweitausend gingen an Schmidt.

Mitnichten war das verdient.


Creutz sah nochmals auf den Platz hinunter, wo sich Schmidt, dieses elende Geziefer, gerade tief vor dem Könige verbeugte.

Er machte ein ärgerliches Geräusch, stieg in das Schlossgewölbe hinunter, suchte die von eisenbeschlagenen Eichentüren und einem Fallgitter behütete Schatzkammer auf, ließ

Schmidts Honorar in einige Leinenbeutel abfüllen, die Beutel in eine kleine Truhe legen und die Truhe von zwei Schatzknechten zu Schmidt hinaufbringen, weiter ärgerliche Geräusche machend.

Dass der König ihm einerseits abverlangte, auch in den winzigsten Details äußerste Sparsamkeit walten zu lassen, selbst aber jede Hemmung ablegte, wenn es darum ging, einen Riesen zu beschaffen, und damit Creutzens redliche Bemühungen um einen gesunden Haushalt ein ums andere Mal hintertrieb, erregte seinen Unmut gewaltig.

»Schmidt, Ihr seid ein Genius! Ich bin Euch auf Lebzeiten obligieret«, rief draußen Friedrich Wilhelm aus und konnte die Augen nicht von seiner neuen Erwerbung lösen.

»Ich danke Euch, Euer Königliche Majestät, ich danke Euch alleruntertänigst«, verneigte sich Schmidt zum wiederholten Male.

Friedrich Wilhelm wandte sich freundlich an Gerlach: »Wie heißet Er?«

»Gerlach«, antwortete Gerlach und spürte sogleich einen stechenden Schmerz im rechten Knöchel. Schmidt hatte ihn von der Seite hineingetreten.

»*Euer Königliche Majestät*, heißet das!«, brüllte Schmidt.

»Das stimmet«, bescheinigte der König. »Er solle Uns in ordentlicher Weise anreden.«

Gerlach, der in den letzten zwei Tagen genug gesehen hatte, hielt es für ratsam, sich zu fügen, und sprach: »Mein Name ist Gerlach, Euer Königliche Majestät.«

»Und wie alt ist Er?«

»Ich bin achtzehn Jahre alt, Euer Königliche Majestät.«

»Und woher kommet Er?«

»Ich komme aus der Nähe von Trebitz bei Wittenberg, Euer Königliche Majestät.«

Der König lächelte: »Wir danken Ihm.«

Ein missmutig dreinblickender Creutz war hinzugetreten, hinter ihm die Schatzknechte mit der Truhe. Dessen ansichtig, hob Schmidt lässig nach hinten die Hand. Zwei seiner Leute, die in einiger Entfernung gewartet hatten, näherten sich.

»Ah! Creutz!«, sagte Friedrich Wilhelm. »Sehr gut. Die Messung, geschwinde!«

Auch der Adjutant mit der Messlatte war gekommen; ein Mann, der am Hofe nur eine Aufgabe hatte: Menschen in ihrer Länge zu messen. Er hatte dafür sogar einen Maßknecht zur Seite. Sie waren beide selbst nicht klein; schließlich hatten sie in einer gewissen Höhe zu arbeiten.

Creutz wandte sich zum Adjutanten um und zeigte auf Gerlach. Der Adjutant sagte, Gerlach müsse die Füße dicht zusammenhalten. Gerlach war barfuß, seine Holzschuhe hatte er verloren, als er am Vortage versucht hatte, sich im Stalle seiner Entführer zu erwehren.

Der Maßknecht stellte die Latte hinter Gerlach zu Boden. Der Adjutant trat zur Seite und sagte, die Latte stehe schief, sie rage zu weit nach hinten. Der Knecht neigte sie etwas nach vorn.

Friedrich Wilhelm starrte auf die mit Zahlen versehene Latte.

Die herrliche Sieben war so nah an Gerlachs Scheitel!

Der Adjutant klappte eine hölzerne Trittleiter auf, stellte

sie neben Gerlach und bestieg sie. Oben angekommen, legte er eine Winkellatte auf Gerlachs Kopf.

Der König und Schmidt hielten den Atem an; aus unterschiedlichen Gründen.

»Sechs Fuß, zehn Zoll, zween Strich, Euer Majestät«, meldete der Adjutant von der Trittleiter herab.

»Glänzend! Beinahe ein Siebenfüßer!«, rief der König; halb erfreut und halb enttäuscht.

Der Adjutant stieg herunter.

Der König bedankte sich beim Adjutanten, der Adjutant grüßte und entfernte sich.

Der König bedankte sich bei Schmidt, Schmidt bedankte sich beim Könige.

Übrigens, teilte Schmidt dem Könige mit, während seine Leute die Geldbeutel aus der Truhe nahmen und zu den Pferden trugen, habe er Kunde von einem weiteren Sechsfüßer erhalten. Er treffe demnächst seinen Informanten, um Genaueres zu erfahren.

Friedrich Wilhelm trug ihm auf, dem geschwinde, ja auf das Allergeschwindeste nachzugehen und sich bitteschön keine Gedanken um das Geld zu machen.

Schmidt versprach es und meinte beides.

Nebenan schnaubte Creutz.

Schmidt verneigte sich noch einmal vor seinem Brotherrn, machte einen Kratzfuß und wandte sich zum Gehen.

Creutz murmelte, Schmidt sei ein verdammter Dieb. Schmidt hörte es und winkte freundlich.

Friedrich Wilhelm klatschte dreimal in die Hände und sprach zu Gerlach: »Creutz wird Ihn itzo zum Waschen und Einkleiden bringen! Es wird Zeit, dass Er seine Bauernlumpen gegen eine Uniform tauschet!«

Creutz wies Gerlach stumm den Weg.

Vier Grenadiere und ein Unter-Officier begleiteten sie. Schon manch einer der Neuzugänge hatte geglaubt, im letzten Momente flüchten zu können.

Die ständigen Desertionen waren ohnedies ein Problem. Erst kürzlich war wieder eine ganze Compagnie echappiert; mitsamt dem Hauptmanne und allen Knechten, auf dem Rückwege vom Manöver einfach ausgeschert und fort in die Wälder, vor den Augen des entsetzten Königes.

»Creutz!«, rief Friedrich Wilhelm ihnen nach.

»Majestät?«

»Er wird im Schlosse wohnen. Das Gemach ist schon vorbereitet«, sagte der König und zeigte auf Gerlach.

»Im Schlosse, jawohl«, seufzte Creutz und überlegte schon, in welchem Ausmaße die erstklassige Unterbringung, die einigen ausgesuchten Riesen vorbehalten war, zusätzlich zu Buche schlagen würde.

## Das neunte Capitel

### Worin Gerlach eine Uniform geschneideret wird

Nichts in der Welt fürchtete Friedrich Wilhelm mehr als die krankmachenden Ausdünstungen der Erde. Er war überzeugt, dass sie überall hineinkrochen, in die Häuser, in die Zimmer, die Betten und die Laken und die Haut und das Blut, um dort ihr seuchiges Werk zu verrichten. Am unheimlichsten waren ihm dabei die französischen Miasmen, denen er nicht nur die Zersetzung des Körpers, sondern auch von Geist und Sitte unterstellte.

Der Heimtücke seiner Umwelt trat Friedrich Wilhelm durch strengste hygienische Disciplin entgegen sowie dadurch, dass er seine Truppen alljährlich in neues Tuch steckte. Das belebte nicht nur das Commercium, es gab ihm auch die erfreuliche Gelegenheit, die Uniformen jedes Mal gestalterischen Verfeinerungen zu unterwerfen. Die jüngste hatte darin bestanden, den Rock hinten etwas zu kürzen.

Alle neuen Recrouten wurden zudem nach ihrer Ankunft als Erstes gründlich eingeseift und gewaschen, während man ihre Kleider verbrannte. So geschah es auch bei Gerlach, der daraufhin ein leinenes, knielanges Unterhemd erhielt und von Creutz in die Hofschneiderei begleitet wurde, wo ihn der königliche Schneidermeister mit seinen beiden Gesellen empfing.

Auch zwei schmächtige Nähknechte waren da; einer hatte gerade eine rotglühende Metallplatte aus dem Feuer geholt und in ein hohles Plätteisen gelegt, der andere saß auf einem Tische und war mit Nadel und Nähring an einer Hosennaht zugange. Neben ihm lag ein ausgerollter blauer Stoffballen, darauf waren mit Kreide Nähstücke ausgezeichnet. Zu Dutzenden lagen weitere Ballen in Regalen, auch rote und weiße, hergestellt von der Berliner Feintuchmanufactur David Hirsch – eigentlich ein Ärgernis für den König, der die Juden verachtete, doch wenn sie ihm, wie Hirsch, nützten, war er durchaus bereit, über ihre Verworfenheit hinwegzusehen.

Creutz setzte sich in einen Sessel, schlug die Beine übereinander, lehnte sich zurück und sah zu, wie der eine Geselle mit einem Messbande an den Riesen herantrat und es ihm an die Beine, um die Brust, um seinen Kopf und seinen Hals hielt. Dazu musste er auf einen Stuhl steigen, von wo herab er hohe Zahlen nannte. Der andere schrieb damit eine Tabelle voll.

Der Schneidermeister kam hinzu – ein winziges, dünnes Herrlein mit einer monumentalen gelben Perücke, die viel zu schwer schien für sein kippeliges Köpfchen –, setzte einen Zwicker auf und besah die Maße. Einen gewöhnlichen Schneider hätten sie entsetzt. Doch dies war keine gewöhnliche Schneiderei, sondern eine Riesenschneiderei, und man war entsprechende Problemstellungen gewohnt.

Die Gesellen fingen an zu schneidern, einer am blauen

Rocke und einer am roten Camisol. Den Knechten wurden die weniger anspruchsvollen Aufgaben übertragen; sie kümmerten sich um Hose und Hemd.

»Dahier etwas mehr«, krächzte der Meister und zeigte mit seinem dürren Fingerchen auf eine Naht.

»Da weniger«, krächzte er.

Creutz gähnte.

Bald erhielt Gerlach die angepasste Uniform.

»Ich habe Hunger«, sagte er zu Creutz, während der Meister an ihm herumzupfte und erneut dieses und jenes bemängelte, woraufhin Gerlach die Sachen wieder ausziehen musste.

Creutz schickte einen der Grenadiere fort, der kam zurück mit Brot und Schafskäse. Gerlach aß alles mit wenigen Bissen auf und verlangte nach mehr. Der Grenadier ging nochmals fort. Creutz ging gleich mit, er musste schon lange das Wasser abschlagen.

Am Abend steckte Gerlach in einer Uniform der preußischen Armee.

Genau wie Schmidt es ihm versprochen.

## Das zehende Capitel

### Worin eine Kammerfrau die Königin
### vor den Hexen schützet

Friedrich Wilhelm wischte sich den Mund ab und deutete auf seinen leeren Teller.

Beinahe lautlos stellte ein Page daraufhin die dritte Portion Weißkohl mit Wildschweinbauch vor ihn hin, ferner den siebenten Krug Ducksteiner, des Königes geliebtes Weizenbier aus Braunschweig.

Die Kerzenflammen gerieten durch den Lufthauch für einen Moment ins Flackern, als der Diener sich entfernte.

Mit dem Könige zu Tische saßen heute nur seine Kinder Friedrich und Wilhelmine. Die Prinzessin hatte mal wieder nichts zu sich genommen, weil sie die gereichte Kost, ja überhaupt das ihr gebotene Leben als zu derb empfand. Sie hatte bloß fürnehm etwas Brot in die silberne Büchse mit Baumöl getunkt.

Die zweijährige Friederike Luise war schon von der Amme zum Schlafen gelegt worden. Auch Friedrich Wilhelms Gemahlin Sophie Dorothea war nicht zugegen; sie war erst fünf Wochen zuvor – sechs Canonen und alle Glocken hatten es den Untertanen kundgetan – erneut Mutter geworden und lag in ihrem Bette, wo an der prallen Brust, halb im Schlafe, ihr siebtes Kind Philippine Charlotte trank.

Drei hatte sie schon verloren; Friedrich Ludwig, Friedrich Wilhelm und Charlotte Albertine, alle jeweils nach wenigen Monaten. Die Ammen, welche die Wickelkinder gestillt und betreut hatten, waren schimpflich entlassen worden, und der gesamte Hof hatte darüber gemutmaßt, warum die Säuglinge gestorben seien. Die Kinder hätten verhexte Milch getrunken, hieß es, zudem habe der Teufel in die Wiegen gespucket; es sei kein Wunder, dass dieses grausige Gemeinschaftswerk eine derartige Wirkung entfaltet habe.

Die Königin hingegen, sie hatte lange und verzweifelt darüber nachgedacht, vermutete einen Mangel an Nestwärme und hatte, während sie in Erwartung des neuen Kindes war, beschlossen, dieses nicht mehr in fremde Hände zu geben, sondern es wie eine Mutter aus dem Volke selbst zu stillen und zu umsorgen, ungeachtet des Scandales, den sie damit auslösen würde.

»Die Königin stillet, die Königin stillet«, flüsterten die Bediensteten einander denn auch heute wieder entsetzt zu, während Sophie Dorothea, deren Herz schon seit dem Tode ihres ersten Kindes in tausend bangen Scherben schlug, ihre jüngste Tochter im Arme hielt und sich fragte, ob dennoch erneut eines traurigen Morgens die Kammerfrau hereingestürzt käme, die Finger auf den Mund gekrallt, und die Mutter, die schon beim ersten Male gewusst, was eine aufgelöste Dienerin zu bedeuten hat, zum Bettchen mit dem kalten, grauen Kinde führen würde.

Doch Philippine Charlotte war gesund und wohlauf, wozu die Kammerfrau ihren Teil beitrug, indem sie der Königin etliche Empfehlungen zum Schutze der kleinen Prinzessin enthüllte. So war sie am Tage zuvor mit einem Hemde des Königes in Sophie Dorotheas Gemache erschienen und hatte gesagt, Gnädige Frau müsse es anziehen, wenn sie aus der Stube gehe, damit sie nicht in die Gewalt der Hexen komme. Das Hemd sei noch warm, so nütze es am besten.

Die Königin, für Aberglauben wenig empfänglich, ihrer Dienerin aber herzlich zugetan, hatte diese gebeten, das Hemd ihres Gemahles über einen Stuhl zu legen.

Als Nächstes hatte die Kammerfrau bedeutungsvoll einen kleinen Beutel aus der Tasche gezogen sowie einen roten Seidenfaden. Mit diesem, hatte sie erklärt und ihn in die Höhe gehalten, müsse man das Beutelchen, in dem sich Salz, Kümmel und Dill befänden, an den Hals des Kindes hängen, so könnten ihm die Hexen nichts anhaben.

Die Königin hatte genickt und die Kammerfrau gebeten, das Beutelchen zum Hemde zu legen, sie werde es dem Kinde vielleicht umhängen.

»Oder in die Wiege legen, wenigstens, Gnädige Frau«, hatte die Kammerfrau gebeten, indem sie nochmals zum Stuhle getreten war.

»Oder in die Wiege legen«, hatte die Königin genickt.

Salz sei wichtig, hatte die Kammerfrau dann mit erhobenem Zeigefinger erklärt, denn worunter Salz sei, daran habe keine Hexe etwas. Sie habe Gnädiger Frau dahero eine Prise unters Bett gestreuet.

Die Königin hatte sich bedankt und überlegt, wo wohl sonst noch überall Salz verteilt worden war.

Auch der König war tief bekümmert gewesen, als er seine Kinder eines nach dem anderen ins Grab hatte legen müssen. Wohl gab es so gut wie niemanden, dem solches erspart blieb, doch als Gottes Hand auch in seine Familie hineingegriffen und ihm über Nacht den Sohn entrissen, zumal den Thronfolger, da wurde Friedrich Wilhelm von einer tiefen Ehrfurcht erfasst, einer wörtlich ehrenden Furcht gegenüber der Allmacht des Herrn, der heute Freude über die Menschen brachte und morgen Gram, als wäre es ein und dasselbe. So war er zu einem frommherzigen Manne geworden, und er wollte die Geschicke seines Landes so lenken, dass Gott ihm niemals zürnen konnte.

Wie oft lag er abends über dieser Frage wach, den Blick durch das Fenster zu den Sternen hinaufgerichtet, diesen funkelnden kleinen Augen des Himmels, die, so schien es ihm, sein Werk einer ständigen, strengen Prüfung unterzogen, über deren Bestehen sie ihn jedoch im Ungewissen ließen.


Friedrich Wilhelm gab dem Pagen Zeichen, das Gedeck abzuräumen, wozu ein leichtes Heben der äußeren Finger seiner rechten Hand ausreichte. Zu viel mehr sah er sich auch gar nicht mehr imstande; er war satt und trunken.

Als allerdings kurz darauf Creutz eintrat und annoncierte, der Sachse sei nun zur Präsentation bereit, da sprang der König wie ein junger Hase von seinem Stuhle auf und sauste an Creutz vorbei in den Korridor hinaus, wo der meisterlich zurechtgemachte Gerlach wartete; die Hände flach an den Nähten der roten Hose.

Das Haar des noch immer reichlich verwundert dreinblickenden Riesen war zu einem schönen Zopfe gebunden worden und dieser gepudert und eng mit einem schwarzen Seidenbande umwickelt. Das schneeweiße Hemd endete am blankrasierten Halse in einem engen Collerett und schlug an der Brust decorative Falten.

Friedrich Wilhelm war hingerissen. Er lief zweimal um Gerlach herum, nickte freudig, schob ihn dann zu seinen Kindern in den Saal hinein und rief: »Prinzessin Wilhelmine! Cronprinz Friedrich! Sehet – der neue Stolz der preußischen Armee!«

Die beiden Königskinder blickten einander kurz an. Wilhelmine verdrehte die Augen und stöhnte.

»Kann der Riese die Flûte spielen, Herr Vater?«, fragte Friedrich.

Der junge Prinz liebte den Klang der Traversflöte, die er bereits ordentlich zu spielen vermochte, und wünschte sich seit längerem einen persönlichen Riesen, der ihn dabei begleitete.

Der König würdigte diese Idee jeweils mit einem gepfefferten Backenstreiche, wenn der Junge sie vorbrachte. Er werde ihm diese verdammten Französereien restlos aus der Rübe prügeln, brüllte er zu solchen Gelegenheiten; ein junger Preuße habe sich nicht mit der Musica zu befassen, sondern mit dem Reiten und mit der Jagd!

Heute jedoch war Friedrich Wilhelm viel zu frohgemut, da er endlich seinen Sachsen bekommen hatte, und so beließ er es bei einer harschen Absage und Belehrung: Nein, sagte er zu seinem Sohne, der Riese könne nicht Flöte spielen, bloß schießen und stechen und würgen und hauen, so wie das von einem Manne auch zu erwarten sei.

Der kleine Friedrich senkte den Kopf und sprach leise: »Also wieder kein Flötenriese.«

Er solle endlich aufhören, zischte Wilhelmine neben ihm, er gewinne damit doch nichts als eine brennende Wange.

Er wolle aber einen eigenen Riesen, flüsterte Friedrich trotzig zurück.

Der König rief, wenn hier nicht gegessen und stattdessen geflüsteret werde, könne man die Tafel geradesogut verlassen!

Die beiden Königskinder küssten dem Vater nacheinander die Hand und verließen den Raum.

Creutz fragte, ob er sich ebenfalls entfernen dürfe oder ob Seine Majestät noch etwas zu befehlen habe.

Nein, für heute sei alles erlediget, antwortete der König.

Creutz verabschiedete sich.

»Eines noch«, sagte der König.

»Euer Majestät?«

»Wir brauchen mehr wie ihn«, wies er auf Gerlach.

»Majestät«, nickte Creutz und wandte sich zur Tür.

Der König dankte ihm für seine treuen Dienste.

»Jaja«, murmelte Creutz, doch Friedrich Wilhelm hörte es nicht, er sprach bereits zu Gerlach: »Komme Er mit!«, wies auf den Korridor hinaus und steuerte diesen an.

Gerlach folgte dem Könige.

Hinter ihnen gingen zwei Wachsoldaten.


*»Kann er die Flûte spielen, kann er die Flûte spielen«*, plagiierte Friedrich Wilhelm den Cronprinzen, während er die Gänge hinabschritt. »Und dieser verzärtelte Kerrel soll einmal Preußen regieren … ich werde ganz krank, wenn ich

daran denke … ein stolzes Reich in den Händen eines Effe-
minierten …«

Schließlich blieb er vor einem Gemache stehen, öffnete
die Tür, winkte Gerlach mit wirbelnder Hand heran und
trat ein. Die beiden Wachen blieben in der Tür stehen.

Der König trat zu einem Tische, auf dem sich ein Kerzenleuchter und ein Steinschlossfeuerzeug befanden, und
entzündete die Kerzen. Ihr Licht fiel auf einen Stuhl, einen
Schemel und ein achteinhalb Fuß langes Bett mit weißer
Wäsche. Es besaß sogar ein Unterbett voll mit Federn.

Gerlach war beeindruckt. Bisher hatte er auf einer Strohmatte geschlafen.

Der König stellte das Feuerzeug wieder hin und erklärte
Gerlach andächtig, was als Nächstes alles geschehen würde:
Fassen des Füsiles und der persönlichen Montierung, Ken-
nenlernen der Garnison und der Cameraden, um Lust und
Liebe zum Dienste zu finden. Dann, in zwoen Wochen,
werde er mit den übrigen Soldaten Wachtdienst leisten und
die Manuals an der Waffe üben sowie das Schießen und das
Chargieren in der Formation, wie Gerlach es ja bereits
gesehen habe. Nach dem Exercieren werde übrigens jeweils
ein schönes Biergeld ausgegeben!

Gerlach betrachtete noch immer das riesige Bett mit der
weißen Wäsche. Es erschien ihm wie ein strahlendes Heilig-
tum.

Friedrich Wilhelm sah zu Gerlach hinauf, dem er gerade
so ans Brustbein reichte: »Hat Er noch eine Frage? Oder
einen Wunsch?«

Gerlach sah zum Könige hinunter. Ihm fiel nichts ein.
Wieder entlassen zu werden, war vermutlich nicht möglich.

»Fein, fein«, sagte Friedrich Wilhelm, nachdem Gerlach verneint hatte, »dann solle Er itzo noch beten und geschwinde zu Bette gehen, damit Er morgen gut ausgeruhet ist. Es ist wichtig, dass Er die zweiundsechzig Manuals am Gewehre bald lernet.«

Der König zeigte zum Tische hin, auf dem ein Heft lag mit dem Titel: *Exercise – Von denen Handgriffen mit der Flinte wie selbige auf Ihro Kgl. Hoheit Allergn. Befehl in der Campagne von 1709 sind eingeführet worden.*

Gerlach nahm das Reglement in die Hand. Er blätterte kurz darin und sah unsicher zum Könige hinüber.

»Oh, Er kann nicht lesen?«

Gerlach schüttelte vorsichtig den Kopf.

»Er wird es später lernen«, winkte Friedrich Wilhelm ab. »Für die Religion und das Militair braucht man es. Ansonsten ist es eine Blackscheißerei, zu nichts nutze.«

Gerlach nickte.

»Lesen ist etwas für die Belletristen«, sagte der König. »Eine unheimliche Bande. Sitzen mit ihren Büchern in den Sesseln, statt zu arbeiten!«

Er blickte Gerlach an wie ein empörter kleiner Junge.

Gerlach nickte erneut.

Der König schimpfte noch einmal auf das faule Pack der Leser und sagte: »Gute Nacht! Man wird Ihn um fünfe wecken.«

So ließ er den Riesen allein.


Doch kurz darauf kam er mit den beiden Soldaten zurück, rief, er habe etwas Wichtiges vergessen, nämlich das Handgeld; hier sei es – und noch etwas Weniges dazu.

Eine der Wachen hielt Gerlach einen dunkel klimpernden Beutel hin.

»Hundert Thaler. Nehme Er!«, sagte der König.

Gerlach nahm das Geld verstört entgegen. Erst entführte, dann beschenkte man ihn? Was war das hier für ein seltsamer Ort?

Also, sagte der König mit roten Bäckchen, das sei nun wirklich alles, gute Nacht!

»Gute Nacht, Euer Majestät«, sagte Gerlach.

Der König, schon unter der Tür, steckte noch einmal den Kopf hinein: Und wenn Gerlach unwohl sei, das Bett zu hart oder die Schuhe zu eng, irgendein Ding, so solle er nur rufen. Man werde hier gut für ihn sorgen!

Dann war er weg.


Gerlach betrachtete die Tür, die der eine Soldat hinter sich zugezogen hatte, und dann den Beutel in seiner Hand. Er löste die Schnur und griff in das Silber hinein. Es war ein Vermögen; mehr, als er je gesehen hatte, mehr, als er sich erdenken konnte. Er legte den Beutel auf den Tisch und sich selbst auf sein neues Bett. Es war herrlich weich. So hatte er sich als Kind die Wolken vorgestellt.

Irgendwo wieherte ein Pferd.

Ein Diener klopfte und kam herein, mit Rasierzeug, Kernseife und Wasserkrug, stellte alles auf den Tisch und verabschiedete sich mit einer kurzen Verbeugung.

Gerlach erhob sich, legte seine Uniform bis auf das Unterhemd ab, hängte alles an die Kleiderhaken an der Wand, blies die Kerzen aus, legte sich in die Federn hinein und zog die behagliche Bettdecke bis zum Halse.

Vor dem Schlosse lachten zwei Männer kurz und dreckig auf.

Gerlach dachte mit offenen Augen an seine Heimat.

Wie es wohl seinen Eltern ergehen mochte? Würde er ihnen Nachricht geben können? Vielleicht fand er jemanden, der schreiben konnte. Bestimmt verzehrte sich seine Mutter vor Kummer und Sorge.

Er richtete sich auf.

Was erlaubte sich dieser sonderbare König eigentlich?

Trotz der maßgefertigten schönen Uniform und dem bequemen Bette – man entführte doch nicht einfach einen Menschen, nur weil er groß war!

Er wollte hier fort.

Er *musste* hier fort.

Bloß wie?

Gerlach erinnerte sich an die zahlreichen Wachtposten überall in der Stadt und entwarf hektisch ein paar untaugliche Fluchtideen.

Doch dann kam ihm die schöne rothaarige Frau in den Sinn, was ihn sogleich besänftigte und zudem auch etwas mit seinem neuen Wohnorte versöhnte, bedeutete dieser doch Nähe zu ihr.

Und noch während er so dachte, war der erschöpfte Riese schon in einen tiefen Schlaf entsunken.

## Das elfte Capitel

### Worin unter großem Getöse
### ein norwegischer Riese erscheinet

Am darauffolgenden Morgen, nach einem Frühstücke mit Brot und Bier, stand Gerlach in der Montierungskammer, wo es nach verbrannten Kienspänen, Waffenöl und Leder roch.

Man überreichte ihm ein Steinschlossgewehr *Modell Henoul 1713*, einen Infanteriesäbel, zweieinhalb Fuß lang, sowie eine Patron-Tasche, in hochfeierlicher Weise und mit Worten vom großen Preußen und heiligen Dienste an Majestät und Gott.

Obwohl es Gerlach widerstrebte, empfand er den Vorgang als ausnehmend spannungsreich.

Danach führte ihn Major von Kleist in der Garnison herum und explicierte, wie die Flinte beim Gehen zu fassen und wie überhaupt zu gehen sei: steif auf den Füßen, die Spitzen vom Fuße auswärts.

Und wie der Körper zu halten sei: »Nicht den Kopf hängenlassen, die Augen nicht niederschlagen, den Leib gerade in die Höhe, nicht hinterwärts überhängen, die Brust voll vorbringen. Schaue, so!«

Kleist atmete tief ein, schaute in die Ferne und sagte: »Als blicktest du dem Feinde mitten ins Auge.«

Gerlach versuchte, dem Feinde ins Auge zu blicken.

Kleist schnalzte erbost und sagte, Gerlach solle nicht so bauernhaft glotzen. Man werde ihm allhier, kündigte er an und wies zweimal mit dem Finger zu Boden, den Bauern heraustreiben, und zwar so lange, bis nur noch reiner Soldat übrigbleibe. Denn das Soldatische stelle die Vervollkommnung des Menschlichen dar.

Gerlach wusste nicht, wie er nun genau schauen sollte, und starrte grimmig ein Pferd an, das in der Nähe Hafer fraß, während es von einem Knechte abgestriegelt wurde.

»Besser«, sagte der Major. Doch was genau die Verbesserung gebracht hatte, konnte Gerlach nicht sagen.

Kleist fuhr fort: dass der König die perfecte Rasur schätze, dass vom Desertieren abzusehen sei, darauf stehe die Todesstrafe, auch vom Raisonnieren rate er ab, dies werde mit den Spießruten geahndet; ja, es sei überhaupt am klügsten, sich gemäß den Anordnungen zu verhalten. Dann habe man hier ein gutes Leben, der König sei großherzig und vergebe Geld und Lizenzen für den Betrieb von Schenken und Materialläden.

Gerlach ging neben Kleist her und versuchte, das beizubehalten, was er als todesmutigen Blick empfand, während er überlegte, was er mit einem Laden anfangen sollte.

»Bei allen Tritten die Beine wohl aufheben! Stark zutreten!«, instruierte Kleist.

Gerlach trat stark zu.


Derweil leichter Regen den Eichen, die noch das krause, welke Laub des vorigen Sommers trugen, und der Weißen Maulbeere, deren Blätter noch nicht den Seidenspinnern verfüttert worden waren, ein helles Rauschen entlockte, gelangten sie zum Lustgarten, wo Premiercapitain Johann Georg Detlev von Massow, des Königes Stellvertreter als Compagnieführer, mit seinen Lieutenants die Leibcompagnie im Gleichschritte drillte.

Graevenitz, der Premierlieutenant, war nach seiner gestrigen Erfahrung entschlossen, seinen Soldaten das Wesen eines Uhrwerkes einzuschärfen, was er in der ihm eigenen Milde tat. Seine Befehle waren höflich, seine Morddrohungen umgänglich und die Anordnungen an Corporal Boltz, diesen oder jenen Soldaten zu züchtigen, von beinahe einschläfernder Nebensächlichkeit.

Boltz, ein gedrungener Kerl mit verschlagenem Blicke, der seinen in polnischer Manier frisierten Schnurrbart stets in bester Ordnung hielt, im Gegensatz zu seinen durchwegs fauligen Zähnen, tobte wie ein angeschossener Teufel um die rot-blauen Reihen herum und durch sie hindurch und schlug jeden Grenadier, der aus dem Takte geraten war, auf Geheiß seines Vorgesetzten kräftig mit seinem Rohrstocke auf den Rücken, in die Seite oder auf die Nase, wozu er grässliche Berliner Flüche brüllte. Bald erhoben sich allenthalben unterdrückte Schmerzenslaute, und wo er diese für nicht ausreichend unterdrückt hielt, da schlug Boltz zu seinem Vergnügen gleich nochmals hinein.

Den Riesen Erdmann Fürstenau, im Herbste zuvor in einer kleinen Ortschaft mit Süßigkeiten dazu gebracht, einen Vertrag zu unterschreiben, der ihn, wie man ihm wiederholt versichert hatte, für den Rest seines Lebens mit weiterem Zuckerzeuge versorgen würde, traf es besonders schlimm.

Ein Hüne in alle Richtungen, von Muskeln überwuchert, doch, wie mancher seiner Art, im Geiste erschütternd stumpf, begriff Fürstenau weder warum er hier war, noch was man von ihm wollte. Rief man ihn beim Namen, reagierte er erst beim zweiten Male, Sätze mit mehr als vier Wörtern verstand er kaum und beim Ankleiden brauchte er Hilfe. Von den Übungen mit der Waffe war er, nach einem problematisch verlaufenen Bedienfehler, freigestellt, und das gleichmäßige Marchieren war ihm überhaupt nicht zu vermitteln. Man konnte es ihm vorzeigen, sooft man wollte; nach wenigen Schritten schon änderte er Geschwindigkeit und Richtung und wandte sich nach den Blumen und den Wolken.

Da Fürstenau aber über sechseinhalb Fuß maß und in der Lage war, von einzelner Hand eine vollbesetzte Kalesche zu ziehen, mochte der König, der sich gern mit seinen Gästen zur allgemeinen Belustigung in ebendiese Kalesche setzte, ihn sehr und beließ ihn, dem dringenden Ersuchen seiner Officiers zuwider, in der Compagnie.

Gegen die Prügel, die er dort beinahe täglich erhielt, hatte sich Fürstenau anfänglich zur Wehr gesetzt, was Corporal Boltz einen vierwöchigen Lazarettaufenthalt eingehandelt hatte und dem Riesen zwanzig Läufe durch die Spießruten.

Diese Art der Wissensvermittlung, er hatte sie wundersamerweise überlebt, zeigte Resultat; seither ließ sich Fürstenau widerstandslos von seinen Vorgesetzten traktieren.

Boltz nutzte diesen Umstand reichlich; gerade landete sein Stock wieder im Gesichte des Riesen, der weinte und nach seiner Mutter rief, was er oft tat und ihm auch dieses Mal die Verspottung des Corporals einbrachte.

»Ab nächster Woche wirst du mitmachen«, sagte Kleist zu Gerlach und deutete mit dem Kinne zu dem Treiben vor ihnen hin.

Gerlach fühlte sich gründlich entzweit.

Zum einen gereichten ihm die jüngsten Veränderungen in seinem Leben zu einigem Gaudium. Er war kein Grund-holder in verschlissenen Kleidern mehr, sondern ein bewaff-neter Angehöriger der preußischen Armee, mit Löhnung und einer gefälligen Uniform, der in einem Schlosse wohnte und einem entsprechenden Bette schlief.

Über Nacht war der Bauernjunge Gerlach zum Royalis-ten geworden.

Zum anderen peinigte ihn das Heimweh, und wenn er bedachte, unter welchen Umständen man ihn hierherge-bracht und wie man gerade dem Riesen Fürstenau zusetzte, so war er sich nicht sicher, ob das Leben in seinen alten Kleidern und mit den Nächten auf der Strohmatte wohl nicht doch das bessere gewesen sei.

Die am Vorabend aufgenommenen Fluchtgedanken dran-gen wieder in Gerlachs Geist, da erklang in einiger Entfer-nung ein fremdartiges Gebrüll.

Gerlach und Kleist wandten die Köpfe.

Ein Knäuel Soldaten, die fast alle irgendwo bluteten und eingerissene Uniformen hatten, führte mit erheblicher Not ein hellblondes, merklich verärgertes menschliches Unge-tüm heran, dessen Sprache Gerlach nicht verstehen konnte. »*Rasshøler!*«, schrie der blonde Riese, der Arme hatte wie Dachbalken und Hände wie Gesetzbücher. Obwohl er mit

Ketten gefesselt war, richtete er bei seinen Begleitern beträchtlichen Schaden an.

Ein paar Schritte hinter ihm ging ein Officier, der Kleist von weitem fröhlich zuwinkte.

Der Major trat zu ihm hin, grüßte zackig und fragte: »Capitain von Sonsfeld, was bringet Ihr uns da?«

»Euer Gnaden, Major von Kleist«, grüßte Sonsfeld und lüftete seinen Dreispitz, »darf ich bekanntmachen: Jonas Henrikson, Schmiedeknecht aus Aurland im Königreiche Norwegen.«

»*Fordømter drittsekker!*«, schrie der Riese.

»Was saget er da?«, fragte Kleist.

»Ich weiß es nicht«, lachte Sonsfeld, »das gehet schon seit Tagen so.«

Henrikson warf einem der Soldaten seinen Ellbogen in den splitternden Unterkiefer.

Gerlach mochte ihn sofort.


Kleist ließ nach dem Könige rufen. Der kam kurz darauf mit Creutz im Gefolge aus dem Schlosse gelaufen und freute sich unermesslich, Sonsfeld und dessen jüngsten Fang zu sehen.

»Eure Mission war also erfolgreich«, sagte Friedrich Wilhelm, der Sonsfeld, nebst Schmidt einen seiner zuverlässigsten Lieferer, vor einigen Wochen in den Norden ausgesandt hatte, nachdem er von ihm erfahren, dass dort eine besonders reizvolle Ergänzung für seine Riesensammlung existiere.

»Jawohl, Euer Majestät. Wir mussten allerdings leider etwas mehr Aufwand betreiben als vorgesehen«, sagte

Sonsfeld mit einem Augenaufschlage, der tiefe Reue bekundete. Er senkte sogar etwas den Kopf.

Creutz räusperte sich vorwurfsvoll.

*»Faen i helvete!«,* machte sich der Norweger im Hintergrunde bemerkbar.

Der König betrachtete den tobenden Riesen.

*Eigentlich muss man nur den Text ersetzen,* dachte Friedrich Wilhelm; *das Gebrüll an sich ist großartig.*

*»Nieder mit den Feinden Preußens«, könnte der Riese beispielsweise rufen. Hinsichtlich des moralischen Effektes wäre das enorm reizvoll.*

*Oder concret: »Tod den syphilitischen Blitzfranzosen!«*
*Noch besser.*

Der König schloss kurz die Augen und malte sich aus, wie der gigantische Norweger an der Spitze seiner Truppen stünde, in der blau-roten Uniform mit der hohen Mütze, unter der sein Haar hervorglimmte; ein Monstrum, ein furchterregendes Urtier, an dem noch das Salz des Meeres klebte, ein Coloss aus reiner Wut, der seine Flüche in die gegnerischen Herzen hineindonnerte.

*»Rasshøler!«,* schrie Henrikson in einer kaum imaginablen Stimmgewalt.

Friedrich Wilhelm zuckte leicht zusammen und fragte Sonsfeld: »Wie heißet er nochmals?«

»Jonas Henrikson, Euer Majestät.«

Der König nickte, trat zu Henrikson hin, hob den Kopf und sprach: »Willkommen in der preußi—«

*»Kyss meg i ræva, din drittsekk!«,* rief Henrikson und spuckte Friedrich Wilhelm ins Gesicht.

Der König zog ein Spitzentüchlein aus seiner Rocktasche und wischte sich angewidert den Speichel von der Wange.

Einerseits gelüstete es ihn, Henrikson an Ort und Stelle aufhängen zu lassen. Andererseits stand allhier vor ihm ein Kerl mit der Kraft, dem Mute und der Gestalt eines Bären. Kurz: ein Juwel.

In Betracht zu ziehen war auch der financielle Aspect. Friedrich Wilhelm hörte Creutz schon: *Euer Majestät, bla, bla, Beschaffungskosten, bla, bla.*

Währenddessen schrie der Norweger weiter herum.

Der König beschloss, ihn nicht hinrichten zu lassen, aber doch so lange zu disciplinieren, bis das infernalische Geschrei erstummt und die Machtverhältnisse geklärt wären.

Er ließ den Soldaten, die Henrikson festhielten, Verstärkung zukommen und ergriff seinen Stock.

Schließlich war sein Arm so müde vom Hauen, dass er ihn kaum mehr heben konnte, und Henrikson, obschon seine Lippen aufgeplatzt und seine Augen beide zugeschwollen waren, rief noch immer »*rasshøler!*« und »*søren!*«.

Außer Atem gab der König Ordre, den Riesen einzukerkern.

*Was für eine herrliche Bestie,* dachte er anerkennend, während Henrikson fortgeschafft wurde.

Gerlach, der immer noch in der Nähe stand, dachte ähnlich.

Vielleicht war eine Flucht ja an der Seite dieses Norwegers möglich?

Oder in seiner Schneise, vielmehr.

## Das zwölfte Capitel

### Worin Betje und Gerlach
### einander sehnlich vermissen

W arum schauest du eigentlich immer aus dem Fenster, Betje?«, fragte der Conditor Jacobs, der, nachdem er seinen Laden verschlossen, die unverkauften Backwaren in einen Weidenkorb für die Armen hineinlegte. »Erwartest du jemanden?«

»Wie? Nein, nein«, antwortete seine Tochter Betje mit ihrer schönen tiefen Stimme und betätigte den Besen etwas schneller. Sie hatte mit seinem Stiele bereits einen Tonkrug von einem Regale gefegt.

Zu ihrer Bekümmernis hatte Betje den schönen Fremden nicht mehr gesehen, obgleich sie sich ihren Eltern für sämtliche Überbringungen der letzten Tage erbötig gemacht. Doch geändert hätte ein Wiedersehen ohnedem nichts. Bestimmt exercierte der Mann schon Gleichschritt und Bajonettstoß und war damit Teil einer Welt geworden, die von ihrer eigenen durch eine tiefe Kluft getrennt.

Das galt genauso, wenn nicht noch mehr, für die andere, wenig wahrscheinliche Möglichkeit, dass er eben doch ein gefangengenommener Verbrecher war, denn dann war er mittlerweile entweder in einer der preußischen Festungen verschwunden oder erschossen worden.

Vielleicht, dachte Betje traurig, müsste sie ja auf Wanderschaft gehen, anstatt hier in Potsdam auf ihr Liebesglück zu warten, wo alle großen Männer das gleiche Schicksal erwartete.

Auch Gerlach hatte immer wieder an die Frau mit den grünen Augen und den roten Haaren gedacht und sich gefragt, ob und wo er sie wohl wiedersehen würde. Auf die Idee, dass jemand, der einen Korb voller Gebäck trägt, an dessen Herstellung beteiligt und folglich in einer der Conditoreien der Stadt zu finden sein könnte, war er bisher nicht gekommen.

Allerdings hätte ihm dieser Gedanke auch wenig genutzt, denn von den Angehörigen der Armee wurden andere Dinge erwartet als Unzucht mit dem Volke. Erst zwei Tage zuvor war einer seiner Cameraden, der eine Magd geschwängert, zur fünften Stunde in der Frühe verhaftet worden.

Und so verband Betje und Gerlach nichts als ein feines, warmes Band, das ein einziger Blick zwischen ihre Herzen geknüpft.

## Das dreizehende Capitel

### Worin der Professor Gundling zum Narren gemachet wird

Eine Kutsche in eleganter Equipage schaukelte in der Abenddämmerung dem Potsdamer Stadtschlosse entgegen; eine weichgefederte Berline.

Darin reisten ihr Eigentümer, Freiherr Jacob Paul von Gundling, ein offenes Fläschchen Brandwein in der Hand, und Lüdecke, sein Diener.

Gundling hatte sich feingemacht für den Besuch beim Könige, der erfreulicherweise ohne zu zögern auf seinen Wunsch eingegangen war, die Ritter-Academie in der Klosterstraße wiederzueröffnen und ihn, Gundling, erneut als deren Vorsitzenden zu beschäftigen. Als *Historiographus Regio und Professor Juris Civilis et Publici, Historiarum et Literaturae*, um genau zu sein. Ein seinem geistigen Volumen durchaus angemessener Titel. Er hatte ihn sich selbst verliehen.

Gundling erwartete von seiner Wiedereinstellung nicht nur erweiterten Ruhm, sondern auch mehr Geld, und beides war ihm gleich lieb. So lieb, dass sein zwei Jahre zuvor erworbenes Misstrauen gegenüber der Redlichkeit des Königes davon deutlich überwogen wurde.

Damals, an einem eisigen Februarabend im Jahre siebzehnhundertvierzehn, hatte Friedrich Wilhelm im Tabakscollegium des Potsdamer Schlosses zu später Stunde plötzlich von Gundling wissen wollen, ob dieser Gespenster glaube.

»Nein, Euer Majestät, ich glaube keine Gespenster«, hatte Gundling geantwortet.

»Warum nicht?«, hatte der König mit vollem Munde gefragt, nachdem er in ein mit westfälischem Schinken belegtes Butterbrot gebissen.

»Weil es sie ganz einfach nicht gibt.«

»So, und woher wisset Ihr das?«

»Nun, Euer Majestät, erstens hab —«

»Ihr wisset bekanntlich viel«, hatte Friedrich Wilhelm den Professor in medisantem Tonfalle unterbrochen und in die Runde gehöhnt: »Aber woher wisset Ihr nun genau dieses? Stehet es in einem Eurer schweinsledernen Schmöker?«

»Haha«, hatte einer der anwesenden Generale gemacht.

»Hoho«, ein anderer.

»Erstens habe ich noch nie ein Gespenst gesehen«, hatte Gundling, dem an einer seriösen Klärung der Frage gelegen war, seinen angefangenen Satz beendet, »und kenne auch niemanden, der jemals eines gesehen. Und zweitens *kann* es sie nicht geben.«

»Aha, und weshalb nicht?«

Gundling, der an diesem Abend schon schwer getrunken, hatte einen tüchtigen Schluck Köpenicker Moll-Bier genommen, den weißen Steinkrug abgestellt, sich mit der Spitzenmanschette seines Hemdes über den Mund gewischt und gesprochen: »Weil Gespenster keine lebendigen Creaturen sind. Und was nicht lebendig ist, ist tot. Und was tot ist, hat keine Existenz und kann demzufolge nicht in Erscheinung treten.«

Gundling lächelte, zufrieden über die zwingende Logik seiner Explication.

»Und was ist mit dem Leben nach dem Tode?«, hatte der König gefragt.

»Ich pflichte dem Atheismo bei, Majestät, ich glaube nicht an ein Leben nach dem Tode.«

Darauf war Friedrich Wilhelms Faust auf den Tisch gekracht, und er hatte gebrüllt: *»Keine Gespenster, kein Paradies, kein Gott – woran glaubet Ihr denn dann!«*

Der König war an jenem Abend übel zufrieden gewesen. Erstens war wenige Tage zuvor einer seiner Lieblingsriesen gestorben, ausgerechnet einer von zwölfen, die er für viel Geld hatte von seinem Hofmaler Antoine Pesne abschildern lassen. Die Ärzte hatten den Kranken nicht retten können und sich selbst vor dem siedenden Zorne des Königes nur dadurch, dass sie den Riesen aufgeschnitten und daraufhin erklärt hatten, dieser habe an einer incurablen Krankheit gelitten, wobei sie sich weniger über die Krankheit einig waren als über deren Unheilbarkeit.

Zweitens zeigten die Empfehlungen, die Gundling siebzehnhundertzwölf in seiner *Nachricht über die Commercien und Manufacturen* vorgelegt hatte, praktisch keinerlei Wirkung. Darin hatte er angeregt, den Importüberschuss der Kurmark in ein Mehr an Export umzuwandeln, indem auf die Einfuhr von seines Erachtens unnötigen Waren wie Diamanten und Zobelfellen verzichtet, auf Tee, Coffee,

Schweizer Käse, ausländische Weine, Ostindische Waren, Porcellan und dergleichen Consumationen aber eine starke Akzise erhoben und im Übrigen verfügt werden sollte, dass Kleidung und Gerät aller Staatsbediensteten aus Landesfabriquen stammen müssten.

Die Vorschläge hatten dem Könige alle sehr gefallen. Zwar war ihm das Gehabe und Gerede der Gelehrten furchtbar zuwider; im Falle der Medicina und der Chymia jedoch, die man beide für das Militair gebrauchen konnte, sowie der Wirtschaftslehre, die dem Staate zugutekam, war er ein aufmerksamer Zuhörer und großzügiger Förderer.

So kam auch Gundling in den Genuss seiner Unterstützung. Friedrich Wilhelm schickte ihn, für ein Jahresgehalt von dreihundert Thalern, in die brandenburgischen Landesstädte, damit er in den dortigen Archiven prüfe, wie sich Importanda und Exportanda gegeneinander verhielten und wie die Ertragskraft des Landes zu steigern sei und damit wiederum die Möglichkeiten, die Armee auszubauen.

Doch die Ertragskraft wollte sich nicht steigern. Und Gundling nicht erklären weshalb. Sondern stattdessen, angeblich für eine bessere Sicht auf die Zusammenhänge, auch noch Pommern bereisen.

Dieser versoffene Cujon.


»Ich glaube an alles Beweisbare; an das, was zu sehen und zu beschreiben ist, Euer Majestät«, hatte Gundling auf die Frage des Königes geantwortet und noch zwei Stunden lang weitergeredet und weitergetrunken, ehe Friedrich Wilhelm den vollständig berauschten Professor von zwei Grenadieren zu dessen Hause in der Berliner Mittelstraße hatte fahren lassen, wo ihn ein dritter Soldat erwartet hatte, mit einem Laken angetan und hinter dem Kleiderschranke versteckt.

Friedrich Wilhelm, der gewusst, wie das Gespräch über Gespenster ausgehen würde, hatte ihn frühzeitig dorthingeschickt.

»Gute Nacht, Herr Professor«, hatten die Grenadiere vor Gundlings Haustür gegrinst.

»Gute Nacht, jawohl, gute Nacht«, hatte Gundling gebrummelt, die Tür hinter sich zugeworfen, sich auf den Hintern gesetzt, weiterbrummelnd die Schuhe ausgezogen, sich wieder erhoben, war die Treppe hochgestampft und in seine Schlafkammer hinein, wo sich ihm ein allerhand Frechheiten hervorbringendes Gespenst präsentiert hatte.

»Huhu«, hatte das Gespenst geheult, »Ihr dummer Professor! Ihr altes Weinfass!«

Gundling, der im nüchternen Zustande über diesen lahmen Schreck wohl nur gelacht hätte, war davongerannt, aus seiner Wohnung hinaus, in die Arme der beiden Grenadiere, die ihm schon den Schlag der Kalesche aufgehalten. Drinnen, nachdem er hineingesprungen, hatte Gundling mit riesigen Augen gestammelt; Gespenst, Gespenst, hatte er gestammelt, da sei ein Gespenst gewesen, ein richtiges Gespenst!

Die Grenadiere hatten ihn ausgelacht. Ebenso der König, zu dem er stracks hatte zurückgefahren werden wollen, um zu berichten, dass die Gespenster offenbar doch eine Existenz hätten und er sie nunmehro glaube, ja, rief er, er glaube itzo Gespenster, wozu er schlotternd in einem fort in die ungefähre Richtung seines Heimes gewiesen.

Von da an war Gundling immer wieder verspottet worden, vom Könige und seinen Freunden im Tabakscollegium, die den geschwätzigen, ungewaschenen, dem Trunke ergebenen Professor, der vor einem falschen Gespenste davongelaufen war, einen Haselanten riefen und ihm so manch üblen Streich spielten, wobei nicht nur seine Würde blessiert wurde, sondern häufig genug auch er selbst.

Die Landesvisitationen waren ihm da gerade recht gekommen.

Zunächst.

Später, nachdem er festgestellt hatte, dass die Wirkung seiner Titel mit wachsender Distanz zu Berlin merklich nachließ, wie auch die Qualität der Straßen, und es ihm zusehends verleidet war, von Rathause zu Rathause zu holpern und jedes Mal von neuem erklären zu müssen, er sei der *Historiographus Regio* und was das auf Teutsch heiße, da hatte er sich überlegt, welche Position ihm wohl größtmögliches Prestige bei maximalem Schutze vor dem Humore des Königes erlaubte, und war auf die Idee mit der Ritter-Academie gekommen.

Dass er da längst in Ungnade gefallen war beim Könige, der die Landesvisitationen, ja Gundling überhaupt als Verlustgeschäft abgebucht hatte, wie auch bei Friedrich Wilhelms adeligen Cumpanen, deren Privilegien er in seinen staatshaushalterischen Vorschlägen wiederholt anzutasten angeregt hatte, kam ihm nicht in den Sinn.

Die Berline hielt vor dem Schlosse.

Gundling, schon etwas angetrunken, prüfte den Sitz seiner großen Staatsperücke. Lüdecke stieg aus und reichte ihm die Hand, damit er mühelos aussteigen könne, trat zur Wache hinüber und meldete seinen Dienstherrn an.

Kurz darauf erschien Creutz und bewillkommnete Gundling: »Guten Abend, Euer Gnaden Herr Professor von Gundling.«

*Viel besser*, dachte Gundling, *viel besser als in Pommern, wo mich kein Schwein kennet.*

»…jahrtausendelang einfach aufeinander eingerannt; Soldaten gegen Soldaten, Soldaten gegen Reiter, dahier ein Haufen, dorten ein Haufen, ein einziges Durcheinander aus Schwertern und Fäusten, oft mit rein zufälligem Ausgange«, erklärte Generalfeldmarschall Fürst Leopold von Anhalt-Dessau gerade, als Gundling mit Creutz das colossalisch verrauchte Collegium betrat. »In der Zukunft aber wird man in geordneten Linien über das Schlachtfeld marchieren und den Gegner durch pausenloses, schnelles Feuer aus den Steinschlossgewehren besiegen.«

Hinter dem Fürsten hingen zwei Tierbilder an der Wand; sie zeigten einen Hirsch und ein Reh.

»Hm«, machte Friedrich Heinrich von Seckendorff, ein Militair und Diplomat in abwechslungsweise sächsischem, polnischem und österreichischem Dienste, den Friedrich Wilhelm wohl kaum zu seinen Freunden gezählt hätte, wäre ihm bekannt gewesen, dass Seckendorff alle interessanten Dinge, die er im Tabakscollegium zu hören bekam, für viel Geld dem römisch-teutschen Kaiser Karl in Wien weitermeldete und kurzhin auch an den Hof in Dresden.

»Hm«, machte auf dem Stuhle daneben der Generalmajor der Infanterie sowie Etat- und Kriegsminister Friedrich Wilhelm von Grumbkow, der Gundling den Weg an den Hof geebnet hatte.

Er teilte zwar die Ansicht des Fürsten und trieb ebenfalls die Etablierung der Lineartaktik voran, konnte Leopold aber nicht ausstehen; unter anderem, weil dieser den begehrten Schwarzen Adlerorden trug.

Außer Grumbkow saßen noch fünf weitere uniformierte Generale an dem langen Tische; im Gegensatze zu ihm rohe, ungebildete Gesellen, die von Strategie kaum eine Ahnung und als einziges Talent das Glück vorzuweisen hatten, in einflussreiche Familien hineingeboren worden zu sein. Man hätte sie genauso gut aus ihren teuren, auf Maß geschneiderten Kleidern herausschälen, in einfache Wollfetzen wickeln und in irgendeine Kneipe setzen können, es hätte accurater gewirkt.

»Dabei wechseln sich die geschlossene Salve und das geschlossene Vorrücken ständig ab. Das ist wie eine Ackerwalze aus Feuer, die über das Feld rollt«, fuhr der Fürst fort und machte mit dem ausgestreckten Arme eine gemächliche Bewegung von links nach rechts.

»Die Truppen studieren dies jeden Tag mit höchster Precision ein«, ergänzte Friedrich Wilhelm, der sich vorlehnte, um einem geflochtenen Körbchen etwas Tabak zu entnehmen und seine holländische Tonpfeife damit zu stopfen. »Sie müssen geschwind laden, geschlossen antreten, wohl anschlagen und wohl in das Feuer sehen.«

Der Fürst nickte und sprach: »Wir schaffen mittlerweile drei Schuss in der Minute.«

Seckendorff horchte auf. Niemand schaffte drei Schuss in der Minute. Auch die kaiserliche Armee nicht. Ja, gerade die kaiserliche Armee nicht, wo jeder, nachdem ein Befehl gegeben, ein anderes Manöver machte und der eine geschwind feuerte und der andere langsam.

Er musste sofort nach Wien melden, dass die Preußen doppelt so schnell schossen wie alle anderen.

»Ah – Gundling!«, rief der pfeifenstopfende König, als er des Professors gewahr wurde.

Einen Moment lang war es Gundling, als hätte in des Königes Augen eine miese kleine Häme aufgelodert. Doch als er nochmals hinschaute, war verschwunden, was auch immer da geflackert haben mochte, und Gundling verwarf den Verdacht.

»Guten Abend, Euer Königliche Majestät«, grüßte er.

»Lasset die Majestät man weg, wir sind hier unter uns«, sagte Friedrich Wilhelm.

»Jawohl. Guten Abend, meine Herren«, sagte Gundling, zog einen Stuhl heran und setzte sich.

Die schnauzbärtigen Officiers nickten knapp.

»Und, Professor, wie war Pommern?«, fragte Friedrich Wilhelm.

»Interessant, Majestä— Verzeihung. Interessant und lehrreich«, sagte Gundling und sah sich nach einem Getränke um.

Seckendorff schob ihm einen vollen Krug hin. Gundling bedankte sich und leerte das Steingefäß in einem Zuge bis zur Hälfte.

»Erzählet doch mal«, sagte der König, während er seine Pfeife mit einem Stücke glimmenden Torfes in Brand setzte, das er einer Kupferpfanne entnommen.

»Nun«, hob Gundling an, »das Land Pommern bestehet nicht aus einer einzigen Provinz, sondern es sind in den mittleren Zeiten noch andere Länder dazugekommen, welche dasselbe groß, weitläufig und mächtig gemachet.«

»Aha«, sagte der König, paffte seinen Rauch aus und hustete.

»Bff«, machte Seckendorff, der Nichtraucher war, jedoch, um dem Könige zu gefallen, immer wieder seine leere Pfeife zum Munde führte und mit der Oberlippe Blasgeräusche erzeugte.

Gundling sah Seckendorff irritiert an, leerte seinen Krug ganz, erhielt von Seckendorff einen neuen, trank ein wenig aus diesem und fuhr weiter: »Das eigentliche, wahre Pommern lieget jenseits der Oder. Es erstrecket sich vom Einflusse der Ihna in die Oder bis an die Weichsel, welches einen großen Bezirk an Land und Leuten ausmachet.«

»Aha«, paffte der König.

»Bff«, machte Seckendorff.

Grumbkow klopfte fürnehm die Asche aus seiner Pfeife und Fürst Leopold rülpste leise.

»Lieber Professor«, sagte der König, »ich habe Euch ja anherokommen lassen, damit Ihr Euer Project in einer kleinen Oration proponieret.«

Die Blicke richteten sich auf Gundling. Der nickte, trank aus und begab sich zum Catheder, von wo aus er wortreich darzulegen begann, weshalb Preußen die Ritter-Academie brauche und die Ritter-Academie Gundling.

Dazu leerte er all die Gläser, die man ihm so hinstellte. Wenige waren es nicht. Auch der König und die Officiers tranken mit Fleiß, Creutz hingegen mit Maß.

Mittendrin betrat ein Zwerg das Collegium und stellte sich mit einem Glase Wein in der Hand neben das Catheder.

»Haha«, machte ein General.

»Hoho«, ein anderer.

Gundling hatte mittlerweile Mühe mit dem Sprechen: »...wie schon in meinem hundertsiebenzehn... siebenzehnhundertundfünfzehn publicierten Werke *Leben und... Leben und Thaten*, genau... *Leben und Thaten Churfürsten Friedrichs des Ersten* zu lesen...«

Er hielt inne und legte die Stirn in die offene Hand.

Da sichtete er den Zwerg zu seiner Linken.

Der Zwerg schaute Gundling freundlich an. Es handelte sich um einen vermögenden, äußerst kleinwüchsigen Potsdamer Hausbesitzer, den Friedrich Wilhelm, der kleine Menschen nicht ausstehen konnte, einst zu seinem Hofnarren erkoren. Der Mann hatte diese Ernennung erst beleidigt von sich gewiesen, doch als der König sie durch den Hinweis ergänzt hatte, eine Absage an dieses ehrenvolle Amt würde die Beschlagnahmung all seiner Häuser zur Folge haben, hatte er sich seinem Schicksale ergeben.

»Trinken wir Brüderschaft, Professor?«, fragte der kleine Mann und streckte sein Weinglas zu Gundling hoch.

Die Generale klatschten sich auf die Schenkel und in die Hände und krähten vor Lachen. Bloß Creutz blieb ernst. Er empfand die Angelegenheit als unfein in jeder Hinsicht.

»Meine Herren, bitte«, rief er. Doch seine Worte gingen unter.

Gundling war zwar nach all dem Biere ausnehmend illuminiert, hatte aber doch noch genug Sinn beieinander, um zu fassen, dass man ihn soeben zum Narren erklärt und des letzten Restes von Reputation beraubt hatte.

Er stierte den Zwerg entgeistert an.

»Professor? Brüderschaft?«, fragte es von dort unten noch einmal.

Gundling sah zum Könige hinüber, in der kindlichen Hoffnung, dieser würde den Zwerg wie auch die grölende Runde endlich zur Ordnung rufen und sie alle an die Tatsache gemahnen, dass hier, bitteschön, der Professor Gundling über eine bedeutsame Angelegenheit referiere.

Doch der König lachte am lautesten von allen und ließ keinen Zweifel an der tatsächlichen Bedeutung der Angelegenheit wie auch Gundlings selbst.

In diesem stürzte alles ein.

Er sah Friedrich Wilhelm einen Moment lang fassungslos an und rief dann gekränkt zu dem Zwerge hinunter: »Bestimmt trinke ich nicht Brüderschaft mit Ihm!«

Da schüttete ihm der Zwerg seinen Wein gegen die Brust und warf das Glas hinterher. Des Professors Angesicht verfratzte und seine Hände verfausteten. Er packte den kleinen Mann am Kragen und stieß ihn weit von sich fort, der Zwerg machte drei Überschläge rückwärts, erhob sich flink, ergriff die Pfanne mit dem glühenden Torfe und rannte mit schnellen Schrittchen auf Gundling zu, der ihm fluchend entgegenpolterte. Seckendorff stellte Gundling das Bein, Gundling fiel hin und der Zwerg mit der Pfanne über ihn her. Der König und seine Officiers kreischten vor Vergnügen und bewarfen die beiden Contrahenten mit Wurst und Käse.

Schließlich schlugen sie den vor Wut und Scham heulenden Gundling zum Ritter von Potsdam, was sie durchaus wörtlich nahmen; sie rissen einem Stuhle ein Bein aus und verprügelten den Professor. Jeder durfte ihn einmal zum Ritter schlagen.

Der König traktierte am derbsten.

»Der Herr Professor ist zur Abfahrt bereit«, sprach Creutz ein wenig später zu Lüdecke, der mit dem Kutscher draußen gewartet.

Lüdecke verstand nicht: »Aber... wo ist er denn?«

Creutz, peinlich berührt, wies zum Schlosse hin und sagte: »Dorten.«

Lüdecke verstand noch immer nicht, und da Creutz keine Anstalten machte, genauer zu werden, ging er zum Eingange hinüber.

In der Halle kam ihm Gundling entgegengewimmert. Lüdecke ging erschrocken zu ihm hin, stützte ihn und führte ihn hinaus zur Berline, die, nachdem ihre zwei Laternen angezündet worden, ihn zurück nach jener Stadt brachte, die ihr den Namen verliehen.

Auf der Fahrt schwiegen sie. Wie erfolgreich der Professor mit seiner Oration gewesen, war ja zu sehen.

In der Mittelstraße angekommen, führte Lüdecke den volltrunkenen und stöhnenden Gundling in dessen Schlafgemach, entkleidete ihn und legte ihn ins Bett.

Am darauffolgenden Morgen schickte Friedrich Wilhelm seinen Leibmedicus Georg Ernst Stahl, nach Gundling zu sehen.

»Und, wie gehet es ihm?«, fragte der König mit der heiteren Nebensächlichkeit von jemandem, der sich der Verwerflichkeit seines Tuns fraglos bewusst ist, nachdem Stahl zurückgekehrt.

»Er sagte, er müsse nunmehro hingehen und sich ersäufen«, sagte der Medicus, nicht frei von Vorwurf.

»Na, na«, ereiferte sich der König und zog sich den Hemdsärmel unter der Rockmanschette hervor.

Doch er sah ein, dass Gundlings einziger Weg, seine Ehre wiederherzustellen, wohl wahrlich der Freitod war. Und dass er selbst den Professor zu diesem Schritte könnte getrieben haben, war ihm dann doch nicht recht.

Creutz, ebenfalls im Raume, sagte nichts, sondern stand bloß mit verschränkten Armen da.

## Das vierzehende Capitel

### Worin ein sicilianischer Riese den König für einen Grafen hält

Henrikson, der eingekerkerte norwegische Riese, hatte mittlerweile vier Tage ohne Nahrung und ohne Trinkflüssigkeit zugebracht, was ihn nötigte, seinen eigenen Urin zu trinken. Er benutzte dafür einen seiner ledernen Schnürstiefel.

Schlafen ließ man ihn auch nicht. Zu jeder vollen Stunde wurde ein Eimer kaltes Wasser durch die Gitterstäbe geschüttet.

Manchmal versuchte Henrikson, es mit dem Stiefel aufzufangen. Dem anderen.

Er fluchte noch immer, aber nicht mehr ganz so laut.

Ein Übersetzer war gefunden worden, Cupius, ein mütterlicherseits norwegischstämmiger Riese, um Henriksons Cooperationsbereitschaft auszuloten.

Nach einem Besuche im Arrestlocal berichtete Cupius, Henrikson sei nun willens, in der preußischen Armee zu dienen.

Ob Henrikson dies nur sage oder ob man sich darauf verlassen könne, wollte der König wissen.

Henrikson mache, sagte Cupius, einen ziemlich angegriffenen Eindruck und schlottere erbärmlich in seinen nassen Kleidern. Es sei anzunehmen, dass er meine, was er sage. Zumal das, was er sage, stark nach Urin rieche.

Der König lachte und bedankte sich.

Der Riese Cupius verbeugte sich.

Ach, sagte der König, da sei noch etwas …

Cupius richtete sich wieder auf.

… was das eigentlich heiße, das Henrikson da schreie?

Er schreie nichts, sagte Cupius, er wimmere bloß.

Aber er habe geschrien, viel sogar … irgendetwas mit einem Rosse.

Einem Rosse?

Ja, einem Rosse, das er holen wolle.

Ein Ross, das er holen wolle?

Ja, er wolle ein Ross holen.

Cupius überlegte. Er fragte, ob Henrikson vielleicht *rasshøl* gesaget habe.

Ja, genau, das sei es, sagte der König und zeigte, indem er dreimal nickte, auf Cupius. Und noch etwas mit *schwören* habe der Riese gesaget.

»Schwören?«

»Ja.«

»Vielleicht … *søren?*«

»Ja, ja«, sagte der König nickend und abermals auf Cupius zeigend und fragte, was das heiße.

Cupius wollte die Lage seines Landsmannes nicht unnötig erschweren und sagte, die beiden Ausdrücke bedeuteten tatsächlich *Pferdemist* beziehungsweise *Schwur*. Man schwöre in Norwegen oft auf Pferdemist. Der König habe ein ausgezeichnetes Sprachgefühl.

Der König bedankte sich noch einmal und ließ Henrikson, der tatsächlich keine Probleme mehr zu machen drohte, aus der Zelle holen und zum Hofschneider bringen, zusammen mit einem an diesem Vormittage eingetroffenen neuen Riesen von sagenhaften sieben Fuß Länge, dem freundlichen Sicilianer Giacomo Porcavi. Eine Acquisition, für die der König rund sechseinhalbtausend Thaler bezahlt hatte.

Porcavi fragte immer wieder, wo sein neuer Herr sei; der *conte*, dem er hierher nachgereist.

Petroni, der aus Venedig stammende Grenadier, der zufällig in der Nähe des Einganges zur Schneiderei stand, klärte Porcavi auf. Es gebe hier keinen *conte*. Es gebe hier eigentlich nur Prügel.

Aber er habe doch in Palermo einen Vertrag unterschrieben, sagte Porcavi.

»Ja, hierfür«, sagte Petroni und wies ironisch auf seine Uniform.

Porcavi schaute Petroni verständnislos an und wurde von einem der sechs Grenadiere, die ihn und Henrikson begleiteten, aufgefordert weiterzugehen.

Wo der *conte* sei, rief er; er sei doch dessen neuer Diener!

Am Abend wurden er und Henrikson zum Könige geführt, der in Entzückung geriet ob ihrer Größe und der perfect sitzenden Uniformen.

Porcavi seinerseits war froh, endlich den *conte* kennenzulernen. Er sagte etwas, das ausgesprochen höflich klang.

Der König schaute zu Porcavi hinauf und fragte Creutz, was der sicilianische Riese gesaget habe.

Creutz, der die italienische Sprache einigermaßen beherrschte, antwortete, der Sicilianer halte Seine Majestät für einen *conte*.

Was ein *conte* sei.

Ein Graf.

Wieso halte ihn der Sicilianer für einen Grafen?

Es sei die List eines Capitains gewesen, der in Palermo vorgegeben, für einen preußischen Adeligen einen Diener anzuwerben, sagte Creutz. Man habe Porcavi dahero nicht mit Force exilieren müssen; er sei freiderdings, aber eben unter falscher Annahme nach Potsdam gekommen.

Der König war darob sehr amüsiert und ordnete an, es sei dem Sicilianer gegenüber von ihm ausschließlich als Graf zu sprechen und von den übrigen Grenadieren nur als Dienerschaft. Das vereinfache vermutlich vieles.

Creutz stimmte zu und fragte, wie Seine Majestät jedoch gedächten, dem Sicilianer zu erklären, weshalb die Diener nicht Tee servierten, sondern stundenlang Handgriffe an der Flinte übten.

Er sei, antwortete Friedrich Wilhelm erlustigt, halt eben ein ungewöhnlicher Graf mit einem ausgefallenen Steckenpferde. Zudem habe der Sicilianer keine Fragen zu stellen. Auch Creutz nicht.

Creutz nickte und fand für sich, Friedrich Wilhelm spiele die Rolle des scurrilen Adeligen sehr überzeugend.

Porcavi blickte lächelnd im Raume umher und sprach dann mehrere Sätze, die klangen, als würde er die Liebe zwischen zwei Menschen besingen.

Was der Sicilianer sage, fragte der König erneut.

Creutz antwortete, der Sicilianer sei der Ansicht, der Graf habe ein sehr schönes Schloss.

Friedrich Wilhelm lachte. Und Porcavi freute sich, dass sein neuer Herr eine solche Frohnatur war.

Der König ließ nach dem Cronprinzen rufen, um ihm Porcavi vorzuführen.

Der kleine Friedrich kam, besah Porcavi und öffnete gerade den Mund, da warnte ihn sein Vater, wenn der Cronprinz etwas Falsches sage, und er wisse genau, was damit gemeinet sei, dann werde er den Stock zu spüren bekommen.

Er hob diesen schon mal in die Höhe.

Friedrich überlegte.

Der König musterte seinen Sohn mit Schlitzaugen.

Friedrich sagte, der neue Riese sei sehr groß.

Natürlich, lachte der König, darumben sei er itzo ja auch hier.

Porcavi betrachtete gerührt den kleinen Jungen, mit dem der *conte,* offenbar dessen Vater, eine überaus herzliche Beziehung zu haben schien.

Der Riese habe auch sehr große Hände, sagte der Cronprinz.

Ja, sagte der König, in der Tat, wahre Riesenhände seien es.

Mit denen könne der Riese bestimmt große, schwere Gegenstände halten, sagte der Cronprinz.

Ja, sagte der König stolz, zum Beispiel ein Gewehr. Oder einen Felsbrocken, um damit jemandem den Schädel einzuschlagen. Er lachte laut.

Kleine, feine Dinge seien in den Händen des Riesen sicherlich schlecht aufgehoben, sagte der Cronprinz.

Richtig, nickte der König, die würden dorten sofort zu Staub.

Dann sei ja klar, sagte Friedrich, wofür der neue Riese tauge und wofür nicht.

Er küsste dem Vater die Hand, verbeugte sich und suchte seine Kammer auf.

Porcavi lächelte.

Der König sah dem Cronprinzen verwirrt nach.

Hatte die kleine Canaille etwa wieder nach einem Flötenriesen verlangt?

## Das fünfzehende Capitel

### Worin ein norwegisches Wort
### gar ähnlich klinget wie ein teutsches

Die beiden neuen Grenadiere sollten wie Gerlach im Schlosse wohnen, hatte der König verfügt; und damit sie sich einfacher im Bataillon einleben konnten, wurden auch Petroni und Cupius hierherverbracht.

Nachdem sich Porcavi und Henrikson in ihren Zimmern eingerichtet und die alldort bereitstehende kleine Mahlzeit, eine Brotsuppe, eingenommen hatten, trafen sie sich alle in Cupiusens Kammer. Auch Gerlach war mit dabei. Drei Kerzen gaben ihnen Licht.

Wie lange er schon Diener des *conte* sei, fragte Porcavi den Riesen aus Venedig.

*Madonna*, rief Petroni; er sei kein Diener eines *conte*, sondern, wie sie alle, ein Sklave dieses Verrückten!

Er solle nicht so über ihren Herrn sprechen, sagte Porcavi, das gehöre sich nicht. Er solle vielmehr dankbar sein, gute Arbeit gefunden zu haben.

Er sei ein *buffone*, lachte Petroni und schüttelte den Kopf.

Henrikson fand derweil seinen Kampfgeist wieder.

Wie hier die Chancen zur Flucht stünden, fragte er Cupius, der sich auf sein Bett gelegt.

Cupius richtete sich auf seinen Ellbogen auf und flüsterte, Henrikson solle nie wieder dieses Wort benutzen.

»*Flukt, flukt, flukt!*«, rief Henrikson.

Was der Neue da rufe, fragte Gerlach.

Nichts, sagte Cupius und hieß Henrikson zu schweigen.

Doch, er rufe doch offensichtlich etwas, sagte Gerlach.

Ja, ein norwegisches Wiegenlied. Henrikson leide an Heimweh.

Für ein Wiegenlied klinge es aber nicht sonderlich einschläfernd, sagte Gerlach.

Für Norweger schon, sagte Cupius.

»*Flukt!*«, schrie Henrikson.

Er solle endlich den Mund halten, sagte Cupius zu Henrikson, oder ob er wieder seine eigene Pisse trinken wolle.

Henrikson schwieg.

Gerlach sagte, *flukt* klinge ähnlich wie *Flucht* – ob der Neue flüchten wolle?

Was der andere da gesaget habe, fragte Henrikson, warum er von Flucht rede. Ob er wisse, wie man von hier flüchten könne?

Cupius vergrub den Kopf in den Händen und stöhnte.

## Das sechzehende Capitel

### Worin Schmidt seinen Informanten für einen Lumpen hält

Schwere Tabakschwaden griffen nach Schmidt, als er die obscure Berliner Kaschemme betrat, in der er sich jeweils mit seinem Informanten Hansen traf.

Er setzte sich zu ihm, schob einen Leinenbeutel über den alten, von unzähligen Messern mit allerhand Vulgaritäten verzierten Eichentisch und sagte: »Vierhundert Thaler.«

Hansen rührte den Beutel nicht an. Dafür trat seine wildbärtige, hünenhafte Leibwache vor, die im offenen schwarzledernen Mantel an die Wand gelehnt gestanden, hob das Geld vom Tische und staute es in eine Umhängetasche, von wo aus es sich bald auf den Weg zu einer discreten Venetier Bank machen würde, in deren Verständnis Geld keine Herkunft hatte, sondern nur einen Wert.

»Ich danke Euch, Monsieur Schmidt«, sagte Hansen, sah zum Wirte und hob zwei Finger mit teuren Ringen, wobei die Spitzenmanschette seines Hemdes herunterklappte.

Der Wirt trocknete gerade etwas ab und bemerkte Hansen nicht.

»Heda!«, rief dieser laut.

Der Wirt sah auf, nickte, zapfte zwei Bier und brachte sie an den Tisch.

Neben Hansen saß eine ebenso zierliche wie hübsche schwarzhaarige junge Frau mit großen erdbraunen Augen und verstörend großen Lippen. Sie trug eine geschlossene *Robe battante* aus türkisblauer Seide mit Rankenmuster, die in tiefen Falten über ihren Reifrock fiel. An den Ärmeln trug sie kostbare Spitzen, ebenso an der Haube. Ihre Schnürbrust war durch einen mit buntblumiger Seidenstickerei verzierten Stecker verdeckt.

Das Glas Rotwein, das vor ihr stand, war unberührt. Sie saß bloß da, schaute den Menschen um sie herum aufmerksam ins Gesicht und sorgte für ordentliche Unruhe. Vor allem bei Schmidt.

Hansen und er prosteten sich zu, setzten an, tranken ein paar Schlucke und ließen die steinernen Humpen wieder sinken.

Schräg über Hansens vielleicht dreißigjähriges Gesicht lief eine Narbe; oberflächlich an der Stirn, tief an der linken Wange. Dazwischen fehlte ihm ein Auge. Er hatte es eingebüßt, als er, schon damals alles andere als ein schöner Mann, als Straßenräuber tätig gewesen, woraufhin er angesichts des Drängens seiner besorgten Mutter beschlossen, lieber im Hintergrunde zu agieren, und ein Netz von Spitzeln, Unterspitzeln und Gegenspitzeln aufgebaut hatte, die ihm allerhand delicate und zum Weiterverkaufe geeignete Auskünfte zutrugen.

Er nannte sein Angebot schmucklos einen Nachrichtendienst. Seine Mutter konnte sich darunter nichts vorstellen, hoffe aber, sagte sie, es sei nicht so gefährlich, dass es ihn auch noch das andere Auge koste.

Harmlos war sein Geschäft noch immer nicht, gewiss,

doch es lief prächtig. So mancher wollte über Dinge Bescheid wissen, die ihn nichts angingen, und war dafür eine Menge zu zahlen bereit. Nebst Schmidt und anderen Schergen des Königes bediente Hansen betrogene Ehemänner und einstige Berufscollegen, die sich für die Bewachungssituation bestimmter Objecte interessierten, sowie einflussreiche Personen, die andere einflussreiche Personen schädigen und dafür Kenntnis ihrer Schwachstellen erlangen wollten. Und nicht zuletzt gab es Kreise, von denen sich Hansen dafür ablohnen ließ, seine Canäle in umgekehrter Richtung zu nutzen, damit gewisse, meist verhängnisvolle Mitteilungen in Umlauf gerieten.

Anstatt dass er also wie früher reichen Berlinerinnen die Perlen vom Halse riss, sorgte Hansen nun dafür, dass die Männer, die ihnen den Schmuck gekauft, noch reicher wurden. Oder in den Ruin getrieben, je nach Auftragslage.

Er profitierte von beidem gleichermaßen und trug seinen Lohn regelmäßig zu den teuersten Frauen und Schneidern der Stadt, wofür er an diesem Tage mit der Schwarzhaarigen und seiner Kleidung wieder einmal plastisches Zeugnis ablegte. Er trug eine Brocatweste in Bleumourant und einen Justaucorps aus dunkelbraunem Sammet, dessen Ärmelaufschläge nicht wie üblich bis hinter die Armbeuge reichten, sondern kurz davor endeten.

*Wieder mal eine neue Mode aus Paris,* dachte Schmidt verächtlich.

Er hatte sich noch immer nicht daran gewöhnt, Hansen jedes Mal in einem neuen Aufzuge und anderer Begleitung zu sehen.

Einmal, zu Beginn ihrer Zusammenarbeit, hatte er ihm bloß zehn Procent übergeben statt der ausgemachten zwanzig. Er hatte gefunden, das reiche, Hansen verdiene genug an ihm; vor allem genug Weiblichkeit. Schmidt war in diesen Dingen nur von mäßiger Gunst beglückt, und dass er beträchtliche financielle Mittel aufbot, um dem entgegenzuwirken, änderte wenig daran. Die Freudenmädchen gaben sich ihm rein geschäftsmäßig hin, während Hansen trotz dessen wüstem Aussehen eine Verbundenheit mit den Damen pflegte, die ebenso rätselhaft war wie diese selbst.

»Das sind aber nur zehn Procent dessen, was der König Euch gegeben«, hatte Hansen gesagt, nachdem Schmidt ihm den ausbezahlten Betrag genannt.

Daraufhin war Hansens Leibwache aus dem Tabakqualme heraus stumm am Tische erschienen, in Griffnähe zu Schmidt. Bloß ein kleines, böses Knistern des Ledermantels war zu hören gewesen; eines jener Geräusche, bei denen man weiß, dass es das letzte ist, das man hören wird. Wie das Spannen eines Abzuges, nachdem man sein Schlafgemach betreten, oder die Schritte, die sich auf der nächtlichen Straße zügig von hinten nähern.

»Ihr wisset doch, wie ich mein Geld verdiene, lieber Schmidt: Ich kenne Leute, die mir Dinge verraten«, hatte Hansen freundlich erklärt, »beispielsweise, wie viel Geld Euch der König gestern bezahlte. Tausendfünfhundert Thaler, korrekt?«

Schmidt hatte Hansen entgeistert angestarrt.

»Ich mache Euch keinen Vorwurf«, hatte Hansen mit erhobenen Händen gesagt, »wir sind beide Negozianten und auf unseren Vorteil bedacht. Aber wenn Ihr weiterhin

Informationen von mir wünschet, schlage ich vor, Ihr händiget mir nun die anderen hundertfünfzig Thaler aus.«

Zu diesen Worten hatte die Leibwache langsam die grobe Hand aufgeklappt und sie Schmidt vor die Brust geschoben, der darauf wild in seinen Taschen nach Geld zu graben angefangen und dazu etwas von unglücklichem Versehen und schlechtem Gedächtnisse gestottert, doch Hansen hatte ihn lächelnd unterbrochen und ihm abermals versichert, es bestünde keinerlei Vorwurf; Schmidts Betrugsversuch sei nur menschlich und durchaus commerciell, doch nun, da die Sache aufgedecket, möge Schmidt sie bitte in Ordnung bringen, was dieser noch so gern getan hatte, mit einem schönen Trinkgelde für die Leibwache.

Seither wechselten die Leinenbeutel den Besitzer im jeweils richtigen Gewichte.

»Was habet Ihr Neues für mich?«, fragte Schmidt, nachdem er sich mit dem Handrücken den Schaum vom Munde gewischt und neuerdings einen flüchtigen Blick auf Hansens Begleitung geworfen.

»Was möchtet Ihr denn Neues haben?«, lächelte Hansen und hob ironisch die Brauen.

»Mein Kunde wünschet sich für seinen Landsitz weitere Gemälde von großem Formate«, sagte Schmidt, sein Anliegen verhüllend, da links und rechts von ihnen Männer von ähnlich biegsamer Moral saßen.

Auch der König sprach in seinen Briefen an Schmidt und andere Lieferer von Statuetten, Bildern oder Vasen, manchmal von Pferden. Ganz zu Beginn hatte er ohne Verblümung von *großen Kerrels* gesprochen, die er gern kaufen möchte.

Doch immer wieder waren die Schreiben abgefangen worden, und vor allem die britischen Behörden schätzten es wenig, wenn in ihrem Zuständigkeitsgebiete Menschenraub betrieben wurde, was sie dem Könige dadurch verdeutlicht hatten, dass sie ihm über Mittelsmänner tatsächlich hin und wieder eine Vase oder ein Pferd vor das Schloss hatten stellen lassen. Friedrich Wilhelm hatte sich immer sehr über die Geschenke gefreut, bis Creutz ihm eines Tages deren tieferen Sinn hatte begreiflich machen können.

Am Nebentische ärgerte sich ein feister Kerl mit lichtem Haare und braunem Barte geräuschvoll darüber, wie viele verschiedene Hüte er heute wieder gesehen; einer wie ein Ankenhafen, schimpfte er, ein anderer wie ein Zuckerhut, dann einer mit ellenbreiter Stulpe, einer von Geißenhaar und einer wie ein Holländerkäse; unerträglich seien diese Modeaffen, die man überall sehe in Berlin.

Dazu schaute er Hansen böse an.

Der ließ sich nichts anmerken, nahm einen Schluck Bier, musterte Schmidt dabei vergnügt mit seinem verbliebenen Auge über den Krug hinweg, stellte diesen wieder hin und sagte: »Ich habe etwas für die Collection Eures Kunden.«

»Was denn?«, fragte Schmidt.

»Ein Portrait eines Zimmermannes. Sechs Fuß groß und sehr schön gemalet.«

Die Schwarzhaarige mit dem großen Munde sagte und trank noch immer nichts, sondern musterte weiterhin ihre Umgebung wie eine ausgeschlafene Löwin eine Gruppe äsender Antilopen.

Hansens Hand schmiegte sich in ihren Taillenbogen.

*Der Lump,* dachte Schmidt.

»Wo befindet es sich?«, fragte er gequält.

»In Coblenz«, sagte Hansen und ließ seine Finger zum Halse der Frau hinaufschleichen.

*Der Lump*, dachte Schmidt.

»Wo genau?«

»In der Mitte.«

Schmidt überlegte und versuchte, an die Mitte von Coblenz zu denken und nicht an jene der Frau gegenüber.

*Das siebenzehende Capitel*

*Worin Creutz eine neue Art*
*der königlichen Mimik entdecket*

Übrigens, Creutz…«, sagte der König, während sein Secretair nach ihrer morgendlichen Besprechung seine Documente zusammenschob.

Darunter befanden sich die Entlassungspapiere für den Riesen Fürstenau. Der König hatte entschieden, ihn aus dem Bataillon zu entfernen, weil seine Unfähigkeit, ordentlich zu marchieren, das ästhetische Empfinden des Königes schließlich doch mehr störte, als seine Statur es zu erfreuen vermochte.

Als man Fürstenau zwei Tage später die Uniform auszog, ihn in einfache Wollkleider gewandte, mit einem Laufpasse versah und einem knappen, herzlosen Worte aus dem Dienste verabschiedete, verstand er den Vorgang zwar nicht, freute sich aber, dass er nicht mehr geschlagen wurde.

»Ja, Euer Majestät?«, fragte Creutz.

Friedrich Wilhelm drehte sich zu ihm um, strich sich den Schurz glatt, zupfte an seinen Ärmelschonern herum, suchte nach Worten und fragte: »…was ist mit Gundling?«

Creutz zuckte mit den Schultern.

»Habet Ihr nach ihm suchen lassen?«

Creutz nickte zweimal kurz und sagte: »Er ist verschwunden. Niemand hat ihn gesehen, und seine Barschaft hat er in seinem Hause zurückgelassen.«

»Gebet Bescheid, wenn Ihr etwas herausgefunden habet.«

Creutz nickte einmal lang, ging zur Tür, legte die Hand auf die Klinke und sah noch einmal zurück zum Könige.

Ihre Blicke trafen sich für einen Moment.

Creutz kannte exact drei Arten, in denen der König in die Welt schaute: bübisch, zornig oder besoffen.

Diese hier aber war ihm neu, und sie passte schlecht zu dem Manne, mit dem er jeden Tag zu tun hatte.

Wie nannte man diese Art?

Er öffnete die Tür und ging hinaus.

*Kleinlaut,* dachte er im Weggehen.

## Das achtzehende Capitel

### Worin dem Riesen Henrikson aus dem Infanteriereglemente vorgelesen wird

In den folgenden Tagen hatten die neuen Grenadiere Gerlach, Henrikson und Porcavi viel mit Corporal Boltz zu tun. Von früh bis spät lehrte er sie, wie sie den Leib, den Kopf und die Füße zu halten und zu marchieren hatten, mit und ohne Gewehr, wie dieses geschultert, beim Fuße gestellt, zu Boden gestreckt, wieder ergriffen, präsentiert und abermals geschultert werden musste, und schließlich, wie man die Ladung mit dem Pulver und das Übrige in den Handgriffen machen musste. Die drei Riesen schwitzten ganz jämmerlich in ihren vier Lagen Stoff.

Als es zum zweiundzwanzigsten Male in Folge daranging, ohne Flintstein und Pulver das Spannen und Entspannen des Gewehrhahnes sowie das Anschlagen und Feuern zu exercieren, warf Henrikson seine Flinte in den Sand und die Grenadiermütze hinterher.

Der Corporal befahl ihm, die Sachen sofort aufzulesen.

Henrikson verschränkte die riesigen Arme, knurrte: »Kyss meg i ræva«, und schaute händelsüchtig.

Boltz lächelte und nickte wie jemand, der soeben eine erfreuliche Nachricht erhalten, auf die er schon lange gewartet hat, und verschwand.

Kurz darauf kam er in Begleitung von Major von Kleist, dem für die Strafvollstreckung zuständigen Profoße sowie sechs Grenadieren zurück. Auch Cupius war gerufen worden.

Der Profoß stellte sich breit hin, bedachte Henrikson mit einem eisigen Blicke, öffnete ein Buch mit Ledereinband, das den Titel *Reglement vor die Königliche Preußische Infanterie* trug, schlug eine bestimmte Stelle auf und las laut vor:

*»Alles Raisonnieren gegen Officiers oder Unter-Officiers im Dienste oder außer Dienste, im Gewehre oder sonder Gewehr soll mit Spieß-Ruhten hart bestraffet werden, absonderlich soll ein Kerl, wenn er im Gewehre nur mit einem Worte raisonnieret, augenblicklich in Arrest geschicket werden, und des anderen Tages durch zweihundert Mann zwanzig mahl durch die Spieß-Ruhten lauffen; Hingegen, wenn eine Widersetzung, Bedrohung oder gar Gegen-Wehr von einem Kerle gegen einen Officier oder Unter-Officier geschiehet, soll ein solcher Kerl arquebusieret werden.«*

Er sah Cupius an.

Cupius erklärte Henrikson den Sachverhalt.

Henrikson zuckte mit den Schultern und ließ sich abführen.


Am nächsten Tage, einem windigen Donnerstage morgens zur siebten Stunde, waren hundert Grenadiere im Lustgarten aufmarchiert und standen sich in einer Gasse von je fünfzig Mann gegenüber. Der König war nachsichtig gewesen und hatte die Mannzahl halbiert; zudem erwarteten Henrikson, um dessen Leben nicht ernsthaft zu gefährden, bloß sechs Durchgänge.

Auch Gerlach und Porcavi hatten Befehl erhalten, sich aufzustellen; sie befanden sich am einen Ende der beiden Reihen.

Die Tambours marchierten auf den rechten Flügel, die Pfeiffers auf den linken. Major von Kleist spazierte die Gasse entlang; es gab hier und dort Kleinigkeiten zu berichtigen. Dann ging der Profoß, der bis spätabends vor seinem Kachelofen sitzend liebevoll Haselruten geschnitzt und sie hernach in Salzwasser eingelegt hatte, durch die Gasse und überreichte jedem Manne eine aus dem Bündel, das er im Arme trug. Ein Unter-Officier trug ein weiteres.

Die Männer nahmen die Ruten stumm entgegen.

Nachdem der Profoß seine Ware verteilt hatte, schlugen die Tambours einen Wirbel. Der Profoß stand etwas zur Seite und rieb sich Krümel von den Händen.

Der König war gekommen und stellte sich neben den Profoß.

Ob die Ruten schön dick seien, fragte er.

Ja, die Ruten seien schön dick und glatt.

Und in Salz getauchet?

Jawohl, eine ganze Nacht lang in Salz getauchet, sagte der Profoß.

Henrikson war zwischenzeitlich aus der Zelle geholt und zum Anfang der Gasse geführt worden, wo man ihm nun Rock und Hemd auszog und die vor der Brust gekreuzten Hände fesselte. Er ließ es geschehen und machte überhaupt den Eindruck, als würde er sich für ein gemütliches Pique-Nique auf einer Waldlichtung bereitmachen.

Major von Kleist instruierte Corporal Boltz: dem Delin-
quenten den Säbel auf die Brust setzen und gemessenen
Schrittes rückwärts vor ihm durch die Gasse gehen. Sechsmal. Boltz bestätigte alles; er freute sich sehr auf die Oblie-
genheit. Kleist entfernte sich, bestieg sein Pferd und stellte
sich links der Gasse auf. Auf der rechten Seite saß schon sein
Stellvertreter im Sattel, der Premiercapitain von Massow.

Auch die beiden Officiers hatten sich jeder eine Rute
genommen und verglichen sie gerade über die Köpfe der
Männer hinweg scherzend miteinander. Sie würden darüber
wachen, dass recht gehauen wurde, und nötigenfalls nach-
helfen.

Boltz hob den Säbel, hielt ihn Henrikson vor die Brust
und lächelte.

Henrikson lächelte zurück und sagte: *»Rasshøl.«*

Die Tambours und die Pfeiffers setzten an. Boltz sah zu
Kleist, Kleist sah zum Könige, der König nickte, Kleist
nickte, sah Boltz an und nickte nochmals, dann nickte
Boltz. Die Männer in der Gasse hatten auf Kleists Befehl
ihre Ruten erhoben und waren bereit, damit ihren Cameraden Henrikson zu schlagen.

Boltz ging rückwärts los. Henrikson folgte ihm, ohne zu
zögern, während die ersten beiden Soldaten zuschlugen,
dann die zweiten und die dritten. Henrikson war nichts
anzumerken.

Bereits leuchteten Striemen auf seinem breiten Rücken.
Manchmal wurde er von den auf ihn hernriederregnenden
Ruten auch am Ohre und am Halse getroffen.

Boltz lächelte mit gestrecktem Säbelarme, und Henrikson lächelte zurück.

Er lächelte auch, als er bei Gerlach vorbeikam, der es wie Porcavi nicht fertigbrachte, seinen Freund richtig zu hauen, was Kleist natürlich nicht entging, woraufhin er sein Pferd hinter die beiden führte und je zweimal auf sie herabdrosch.

Henrikson konnte sein Lächeln drei Durchgänge lang bewahren.

Beim vierten, seine Haut war schon an mehreren Stellen geplatzt, presste er die Lippen zusammen und beim fünften die Zähne aufeinander, und beim sechsten fluchte er lauter und wüster als je zuvor. Immer wieder stieß er gegen den Säbel vor seiner Brust, doch Boltz behielt sein kriechendes Tempo selbstredend bei. Seine Freude an Henriksons Anblick steigerte sich mit jedem Schlage, den dieser erhielt, und mit jedem Tropfen Blut, den er verlor. Es floss ihm mittlerweile zäh den Rücken hinunter, in die Hose hinein und die Beine hinab.

*Die schönen Hosen,* dachte sich der König, *aber verdienet hat er es.*


Schließlich hatte Henrikson seine Strafe erhalten.

Er trat aus der Gasse hinaus und fiel auf die Knie.

Man hob ihn hoch, löste seine Fessel und brachte ihn in seine Zelle, wo ihm der Regimentsfeldscher Johann Konrad Friedrich Brandthorst Verbände anlegte.

Dann ließ man ihn allein.

## Das neunzehende Capitel

### Worin die Riesin Betje dem Riesen Gerlach
### auf den Fuß tritt

Die Schläge, die ihm Kleist mit seiner Haselrute zugefügt, brannten noch immer in Gerlachs Nacken. Appetit auf ein Mittagessen hatte er keinen gehabt, nachdem sein Freund Henrikson dermaßen geschunden worden.

Er ging an Porcavis Seite, dessen Ohr blutverkrustet war und der wütende Sätze vor sich hinmurmelte, in denen immer wieder die Wörter *conte* und *maniaco* erschienen, ziellos durch Potsdam. Auch der Sicilianer mochte nichts essen.

Sie kamen an einer Pulverfabrique vorbei und kurz darauf an einer Baustelle, wo sie der Bitte, beim Abladen einiger Holzbalken behilflich zu sein, allzu gern nachkamen, um sich zu zerstreuen.

Die schwere Arbeit hatte sie schließlich doch hungrig gemacht, und weil sie, nachdem sie vom Vorarbeiter eine kleine Löhnung erhalten, gerade vor einer Conditorei standen, nahmen sie ihre Grenadiermützen ab und gingen gebeugter Häupter hinein.

Gerlach betrat den kleinen Laden hinter Porcavi. Als er

aufsah, blickte er geradewegs in Betjes hübsches, geringfügig entsetztes Gesicht.

»Guten Tag, Gnädige Herren«, sagte sie, nachdem sie sich gefasst.

»Guten Tag… Gnädige Frau«, stammelte Gerlach.

*Gott sei mit mir*, dachte er.

Porcavi, ein nicht nur anständiger und herzlicher, sondern auch einfühlsamer Mensch, sah Betje an und dann Gerlach und bekam das Gefühl, die beiden bei etwas zu stören. Er legte Gerlach die Hand auf den Arm, zeigte auf einen in Stücke geschnittenen Käsekuchen, der inmitten von anderem Gebäcke auf einem langen Tische stand, hob zwei Finger und verließ lächelnd die Conditorei.

Betje und Gerlach waren allein.

»Ihr wünschet?«, fragte Betje mit beschämtem Blicke.

Wie schon Porcavi zeigte Gerlach auf den Käsekuchen, hielt vier Finger hoch und sagte mit einer Stimme, die schlecht zu seiner gewaltigen Erscheinung passte: »Vier Stück… wenn ich bitten darf.«

Betje nickte, kam hinter dem Tresen hervor und trat Gerlach auf den Fuß.

Gerlach sagte gepresst: »Au!«

»Oh! Bitte verzeihet mir, bitte…«, sagte die heftig errötete Betje und blickte zu Gerlach hoch.

Sie war etwas kleiner. Endlich mal. Die einzigen Lebewesen, zu denen sie üblicherweise aufblickte, waren die Vögel am Himmel.

»Sorget Euch nicht, meine Füße sind halt groß«, sagte Gerlach.

»Meine auch«, flüsterte Betje.

Sie konnten einander jetzt riechen.

Betje roch nach Seife, Getreide und Zärtlichkeit.

Gerlach roch nach Arbeit, Sonne und Mut.

Sie hätten sich ohne weiteres an Ort und Stelle ineinander verschlungen, doch es gab einige gewichtige Gründe, die sie davon abhielten. Einer davon war Gerd Jacobs, der soeben mit einer prachtvollen Citronentorte aus der Backstube kam.

»Guten Tag«, sagte Jacobs obenhin zu Gerlach. Er war nicht unfreundlich, dafür waren die Soldaten zu gute Kunden, aber auch nicht sonderlich begeistert, einen bei sich im Laden zu haben.

Bejte trat schnell zum Tische mit dem Käsekuchen und legte vier Stück in das kleine Weidekörbchen, das sie vom Tresen mitgenommen hatte.

»Guten Tag«, sagte Gerlach zu Betjes Vater; in einer Art, als hätte ihn dieser bei einer Gesetzesübertretung beobachtet.


Jacobs hatte die Torte mittlerweile an ihrem vorgesehenen Orte abgestellt und verschwand wieder.

»Zwanzig Gute Pfennige, bitte«, sagte Betje.

Ihr war, als spielte sie wie ein Kind die Rolle einer Conditorstochter, die Kuchen verkauft, denn die Dinge, die sie eigentlich sagen wollte, waren ganz andere.

Gerlach griff in seine Rocktasche, beförderte einige Silbermünzen hervor, die in seiner Hand viel zu klein wirkten, klaubte mit seinen riesigen Fingern einen Zwölftelthaler heraus und überreichte ihn Betje.

Dabei berührten sie einander zum ersten Male.

Betjes Finger waren sanft und kühl.

Gerlachs Finger waren warm und forsch.

»Danke, Gnädiger Herr«, hauchte Betje, während sie in einer Holzschatulle fahrig nach vier Guten Pfennigen Herausgeld suchte. »Bitte bringet uns den Korb doch dann zurück.«

»Sehr gern, Gnädige Frau.«

Betje hielt Gerlach die Münzen hin, und ihre Hände berührten sich ein zweites Mal.

Gerlach schluckte leer und ließ das Geld in seiner Tasche verschwinden.

Die beiden Riesen sahen einander noch einmal in die Augen. Es gab dort viel zu sehen. Sie sahen Freuden aller Art und einen gemeinsamen, langen Weg.

Betjes Vater kam schon mit der nächsten Torte. Sie verabschiedeten sich.

Zurück blieben der kurze, helle Klang der kleinen Glocke über der Tür, die Gerlach hinter sich zugezogen hatte, und der lähmende Schmerz der Unmöglichkeit, die zwischen ihm und Betje herrschte.

Draußen nickte Porcavi Gerlach zu, wie Männer einander bei solchen Gelegenheiten eben zunicken, nahm ein Stück Käsekuchen, biss hinein und sagte mit vollem Munde ein schönes italienisches Wort, wobei Gerlach fand, dass alle italienischen Wörter schön klangen, selbst wenn man sie mit vollem Munde sprach.

## Das zwanzigste Capitel

### Worin der König den Czaren Peter im Zaume zu halten versuchet

Eine Woche später, der König weilte für dringende Regierungsgeschäfte in Berlin, war Henrikson dank intensiver ärztlicher Zuwendung wieder einigermaßen wohlauf und konnte zu seinen Cameraden zurückkehren, die gerade ihr Abendessen einnahmen; einen Eintopf aus Spelz, Kartoffeln, Erbsen und einer Ochsenpfote.

Gerlach und Porcavi freuten sich, Henrikson wieder bei sich zu wissen. Sie hatten in der Zwischenzeit viele der Soldaten der Königlichen Leibcompagnie und des übrigen Bataillons kennengelernt. Die riesenhaften Männer, die sich hier aus unfreien Stücken versammelten, stammten aus allen Gegenden des Heiligen Römischen Reiches Teutscher Nation sowie aus Ungarn, Schweden, Irland und Dalmatien, aus der Walachei, aus Siebenbürgen und Livland und hatten zuvor als Bauern, Fleischer, Schuhmacher, Lehrer, Advocaten, Buchhalter, Müller, Bäcker oder Pfarrer gearbeitet.

Untereinander verständigten sich die Riesen mit Handzeichen und mit der Hilfe von Männern, die wie Cupius mit zwei Sprachen aufgewachsen waren. Wer kein Teutsch verstand und damit auch nicht die Befehle, die ständig erteilt wurden, imitierte einfach die Handlungen der anderen und lernte auf diese etwas umständliche Weise, was zu tun war.

So verschieden die Herkunft der Riesen, so zahlreich waren die Wege, die sie nach Potsdam geführt, wie sie Gerlach und seinen Freunden berichteten. Es gab eine officielle Recroutierung; sie fand auf den Marktplätzen der preußischen Dörfer und Städte statt, wo ansehnliche Werbeofficiers die jungen Burschen zu einem Schlucke Wein einluden und ihnen von einem abenteuernden Leben mit willigen Frauen und dicker Beute erzählten, wobei sie verschwiegen, dass der Vertrag, für dessen Unterzeichnung dreißig Thaler Handgeld ausbezahlt wurden, auf Lebenszeit galt.

Das Talent dieser Officiers, mit geschmeidigen Worten die Wirklichkeit zu verformen und auf solche Weise Dinge zu verkaufen, die vor allem dem Verkäufer nützten, hatte bald zu einer eigenen Industrie geführt, die man *die Werbung* nannte und ihre Repräsentanten voller Degout *die Werber*.

Häufig, und hier erschöpfte sich die auf freiem Willen fußende Art der Recroutierung, beschaffte der König seine Giganten allerdings gleich selbst und holte sie aus den Manufacturen und von den Baugerüsten herunter. Wo immer er in Berlin, Potsdam, Königsberg, Magdeburg, Halle, Krefeld, Bielefeld, Hamm oder einer anderen Stadt des Königreiches Preußen einen *recht schönen Kerrel* sah, durfte der Empfänger dieses Complimentes seine bisherige Tätigkeit unverzüglich niederlegen und dem Könige in die Garnison folgen.

Dieses Brauchtum führte dazu, dass viele junge Männer vorsorglich ins Ausland flüchteten und zahlreiche Gewerbe sich dramatisch ausdünnten. In der Folge versprach der

König seinem Volke, die Recroutierungsexzesse würden aufhören, ebenso die Kontrollen von Postkutschen. Diese wurden notorisch angehalten und reisten ohne ihre großgewachsenen Passagiere weiter – falls überhaupt, denn manchmal war auch der Postillon von hohem Wuchse, und so kam es nicht selten vor, dass eine einzelne Frau auf offener Strecke zurückblieb und verwundert der Staubwolke nachsah, in der ihre gefesselten Begleiter entschwanden.

Nachdem sich die verängstigten Preußen wieder beruhigt hatten, trug der König seinen Werbern insgeheim auf, ihre Arbeit mit weniger Eclat und dafür mit mehr List auszuüben, vor allem im Auslande.

Die fernste Quelle für die preußische Rüstungspolitik indes war Russland. In Czar Peter dem Ersten hatte Friedrich Wilhelm einen Geistesbruder gefunden; einen völlig unverstellten Charakter, der sich nicht um Etikette kümmerte, jeden Abend bis zum Umfallen trank und andauernd jemandem die Nase brach. Folgerecht empfand der Czar viel Freude, als er bei seinem ersten Besuche in Berlin den Galgen kennenlernte; eine Hinrichtungsmethode, die ihm unbekannt war, da er ausschließlich und am liebsten persönlich durch Köpfen executierte.

Als er mit Friedrich Wilhelm zu Pferde am Neuen Markt vorbeikam, wo die Urteile jeweils vollstreckt wurden und sich an diesem Tage viele Menschen versammelt hatten, um den beiden Herrschern zuzujubeln, bemerkte Peter die große Holzstruktur, zeigte darauf und wandte sich interessiert an den Dolmetscher, der leicht nach hinten versetzt zwischen ihm und Friedrich Wilhelm ritt. Seine Czarische

Majestät begehre zu wissen, was das für ein interessanter Apparat sei, sagte der Dolmetscher zum Könige.

»Ein Galgen ist das, das wisset Ihr doch, saget es ihm«, antwortete dieser gereizt.

*Man muss doch wirklich nicht alles wörtlich hin und her übersetzen,* dachte er.

Der Dolmetscher teilte dem Czaren also mit, dass es sich bei dem Apparate um einen Galgen handele.

Der wissbegierige Czar nickte und stellte eine weitere Frage, die der Dolmetscher schon übertragen wollte, doch der König machte eine ungeduldig auffordernde Gebärde und schimpfte: Wenn einer wissen wolle, was ein Galgen sei, und daraufhin *nochmals* etwas frage, interessiere er sich wohl am ehesten für den *Zweck* dieser Maschine; der Dolmetscher solle sich dahero nicht wie ein Papageienvogel verhalten, sondern wie ein selbständig denkender preußischer Regierungsbeamter.

»Sehr wohl, Euer Majestät«, sagte der Dolmetscher und erklärte dem Czaren, dass man an dem Galgen Übeltäter aufhänge, worauf der Czar lachte und etwas Fröhliches auf Russisch rief.

Der Übersetzer zögerte kurz und teilte dann dem Könige mit, Seine Czarische Majestät wünsche, einer Hinrichtung beizuwohnen.

»Es ist derzeit keine geplanet. Ich werde aber in den Gefängnissen nachfragen lassen«, antwortete Friedrich Wilhelm, indem er seinen Untertanen zuwinkte.

Der Übersetzer verdolmetschte es so.

Der Czar nickte, zeigte in die Menge und sagte etwas, das ausgesprochen unternehmungslustig klang.

Der Dolmetscher berichtete dem Könige aufgeregt, dass Seine Czarische Majestät vorschlage, jemanden aus dem Pöbel zu nehmen.

Der König schaute seinen Gast, der fast zwei Köpfe größer war als er, verdonnert an und sprach: »Es hat sich aber keiner von ihnen etwas zuschulden kommen lassen.«

Peter ließ es sich übersetzen, winkte ab und murmelte ein paar knappe Worte.

Seine Czarische Majestät meine, das sei egal, sagte der Dolmetscher.

»Es wäre nicht rechtens«, sagte der König.

Der Translateur teilte dies dem Czaren mit, der darauf einen der Männer aus seinem Gefolge heranwinkte: »Jaroslaw!«

Der Angerufene näherte sich, während der Dolmetscher den Czaren etwas fragte. Dieser wies zum Galgen hin und sagte einen kurzen Satz, woraufhin der König darüber informiert wurde, was der Czar mit Jaroslaw vorhatte.

Friedrich Wilhelm sagte empört, er könne das nicht erlauben, ein solches Vorgehen wirke schlecht auf das Volk; dieses müsse wissen, dass Recht und Strafe gerecht seien und nicht willkürlich. Man könne nicht einfach aus dem Augenblicke heraus einen Unschuldigen aufhängen, erst recht nicht jemanden aus dem Trosse eines Staatsgastes.

Peter war enttäuscht. Er schickte Jaroslaw wieder fort, mit einem Tritte seines Stiefels, und bat darum, wenigstens den Galgen nachbauen zu dürfen.

Dies gewähre er gern, sagte der König.

Der Czar wollte wissen, was das koste.

Nichts, sagte der König, der Galgen sei ein Instrumentum der Gerechtigkeit, und es sei ihm, Friedrich Wilhelm, nur billig, wenn es mehr Gerechtigkeit gebe in der Welt.

Der Czar bedankte sich höflich, fand allerdings für sich, dass ein Galgen eher dem Amusement diene als irgendeiner Gerechtigkeit.

Auch im Umgange mit den Damen unterschied sich die Gemütsart der beiden etwas. Peter ließ grundsätzlich nichts unversucht, während Friedrich Wilhelms Interesse einzig seiner Gemahlin Sophie Dorothea galt, trotz deren Pockennarbigkeit und Körperfülle. Peter zog ihn deswegen gern auf. Während seines letzten Besuches etwa wies er an der Mittagstafel mit der Silbergabel auf eine aparte bleiche Dunkelblonde und sagte etwas, das sich recht unfein anhörte.

Der Dolmetscher überlegte einen Moment und verteutschte Peters Worte mit gedämpfter Stimme: Seine Czarische Majestät wolle wissen, wie der König widerstehen könne bei einer derartigen Grace, wie sie der Dame am Tischende dorten zu eigen sei. Er sei doch der König und könne sich nehmen, was ihm gefalle.

Die gemeinte Dame, auf die ja gezeigt und die darob aufmerksam geworden war, hörte es dennoch und senkte mit geröteten Wangen den Blick.

»Ich bin verheiratet, ich kann gut widerstehen«, antwortete Friedrich Wilhelm und nahm einen Schluck Moselwein.

Peter lachte, nachdem er die Antwort des Königes vernommen, wobei seine braunen Locken wild wackelten, und stellte eine Frage.

Seine Czarische Majestät begehre zu wissen, wo der Zusammenhang sei, sagte der Übersetzer zum Könige.

»Als Christ bestehet da sehr wohl ein Zusammenhang«, sagte Friedrich Wilhelm kühl.

Der Czar hörte sich die Übersetzung an, spießte ein großes Stück Pökelschweinskopf aus dem Teller und redete kauend und lachend weiter, was der Dolmetscher Satz für Satz übertrug: »Seine Czarische Majestät sei ebenfalls Christ... aber vor allem sei Seine Czarische Majestät Russe... darumben heiße es ja auch so: russisch-orthodox... erst komme das eine, dann das andere, saget Seine Czarische Majestät.«

Peter fixierte die junge Frau wie ein Kater. Sie sandte dem Könige einen raschen, hilfesuchenden Blick zu.

Friedrich Wilhelm sah es und sagte dem Translateur im Flüstertone, die Dame sei ebenfalls verheiratet. Ihr Ehegenosse, der Lieutenant Herzberg, sitze neben ihr.

Der Übersetzer verdolmetschte es für den Czaren, den dies aber nicht weiter zu beeindrucken schien.

Der König nahm abermals einen Schluck Moselwein, überlegte kurz und winkte discret, die Hand halb unter dem Tische, einen Pagen zu sich.

Dieser trat heran und beugte sich elegant vornüber: »Euer Durchlauchtigste Königliche Majestät wünschen?«

»Dem Lieutenant ist eine fingierte Depesche auszuhändigen, die seinen immediaten Aufbruch befehliget«, sprach der König leise in das Pagenohr hinauf, »und es muss Schnaps auf den Tisch für Seine Czarische Majestät.«

Der Page schaute den König an, dann den Czaren, nickte und entfernte sich.

Der Czar fragte etwas.

Ob es ein Problem gebe, fragte der Dolmetscher.

»Nein, nein«, sagte der König, »ich habe lediglich einen guten Schnaps für Seine Czarische Majestät kommen lassen.«

Peter nickte und belauerte weiter die schöne Frau Herzberg.

Eine Tür ging auf und der Kellermeister brachte den Schnaps. Man trank auf Moscowitisch, unter Anleitung des Czaren: Alle mussten sich gleichzeitig erheben und stehend trinken. Dies gleich fünfmal, wobei der Czar jeweils das Glas hinter sich warf. Durch eine andere Tür kam derweil die Depesche. Der Lieutenant las sie, erhob sich und teilte dem Könige mit, er müsse leider sofort zur Truppe zurück. Der König sagte, das sei überhaupt kein Problem, vielmehr löblich, und verabschiedete ihn. Die jungen Eheleute verließen die Tafel.

Der Czar machte Schlitzaugen und malte sich aus, was für einen Hintern der Reifrock wohl beherbergen mochte, der da seidig raschelnd entschwand. Er liebte die Hintern fest und prall, und dass er nie erfuhr, wie sehr Frau Herzbergs porcellanweißes Exemplar seinen Vorstellungen entsprach, war wohl ein großer Segen. Jedermann erinnerte sich, wie Peter bei seinem letzten Besuche die Herzogin von Mecklenburg von ihrem Gemahle weggeführt, in ein Nebenzimmer geschafft und auf einem Sofa lachend abzuküssen begonnen, was die Herzogin nicht einmal schlimm gefunden.

Doch trotz ihrer Andersartigkeit in gewissen Punkten waren Friedrich Wilhelm und der Czar einander sehr zugetan; zu ähnlich waren sie sich in ihrer Liebe zu Soldaten und

Gewehren und Hunden und Pferden und zum Bau von Schiffen, Häusern und Städten und nicht zuletzt im Ansinnen, ihre jeweiligen Reiche in eine glanzvolle, militairisch und politisch bedeutsame Zukunft zu führen.

Friedrich Wilhelm war überzeugt, dass es dafür zweierlei Dinge brauche: ein gedeihendes Commercium und ein formidables, eindrucksvolles Heer, wofür wiederum eindrucksvolle Soldaten erforderlich seien; Männer also, die in farbenleuchtender Hochgestalt die Macht des Staates verkörperten, auf dem Schlachtfelde und in den Städten, im Kriege wie im Frieden. Ja, gerade im Frieden, denn wenn eine Armee bereits zu Friedenszeiten genügend schreckend sei, so die Überlegung des Königes, verhindere sie den Krieg und damit am Ende wirtschaftlichen Schaden.

Die wirkungsvollste und gleichzeitig preiswerteste Art der Friedenssicherung und damit des Staatserhaltes sah er daher in furchterregend großen und starken Soldaten.

Doch große Menschen waren rar. Friedrich Wilhelm hatte überhaupt einen Mangel an Menschen zu beklagen; erst wenige Jahre war es her, da die Pestilenz, von Polen her kommend, Ostpreußen heimgesucht und die wenigen ums Leben gebracht hatte, die verschont geblieben waren von der schlimmen Hungersnot wenige Monate zuvor, der Folge einer gänzlichen Missernte.

Dem Czaren hingegen mangelte es keineswegs an Menschen, dafür an Fachkräften. Also tauschten die beiden Herrscher immer wieder großgewachsene russische Leibeigene gegen preußische Handwerker; insbesondere Klingenschmiedemeister mit ihren Vorschlägern sowie Härtermeister und Schleifermeister, mit denen der Czar sein neues Waffenwerk in Tula zu bestücken trachtete.

Die Werbeofficiers hatten die Schmiede zuvor freundlich angefragt, ob sie Lust hätten, nach Russland zu gehen, um ihren Beruf dorten auszuüben.

Hatten sie nicht.

Es sei aber ein herrliches Land, in dem auch immer die Sonne scheine, zudem seien die Russinnen wunderschö—

Das sei ihnen gleichgültig, hatten die Schmiede ihre Besucher unterbrochen, während sie mit ihrem Hammer das Eisen bearbeiteten und sich vorstellten, damit die Werber zu erschlagen; ihnen gefalle es in Preußen, im Übrigen hätten sie hier ihre Familie, und ihre Frauen seien auch schön.

Die Werbeofficiers waren abgezogen und hatten Friedrich Wilhelm berichtet, es seien leider keine Klingenschmiede dafür zu gewinnen, in Russland zu arbeiten. Nicht einer.

Der König hatte genickt und gemeint, sein Freund, der Czar, habe sich preußische Schmiede gewünschet, es seien dahero welche zu ergreifen und nach Russland zu schaffen. Ungeachtet ihrer Einstellung dazu. Wozu man die überhaupt erfraget habe.

Kurz darauf waren die Werbeofficiers zurückgekehrt, diesmal mit Verstärkung, und der Handel hatte, nach einigen Raufereien, endlich abgeschlossen werden können.

Friedrich Wilhelm hatte sich sehr über die neuen Moscowiter gefreut, vor allem über ihre geringe Sterblichkeit, waren sie doch ein entbehrungsreiches Leben gewohnt und überstanden die bitterkalten preußischen Winter in den viel zu dünnen Kleidern, als hätten sie einen kleinen Spaziergang an der frischen Luft unternommen.

Untergebracht waren die Riesen – nur wenige hatten wie Gerlach, Henrikson und Porcavi das Glück, im Schlosse des Königes zu wohnen – bei Wirten und in Bürgerhäusern, wo sie zu zweit, meist aber zu viert und manchmal sogar zu sechst in einer kleinen Stube lagen und einander das Nervenfieber, das Wechselfieber, die Ruhr und andere Krankheiten weiterreichten, die alle einen Namen hatten, aber längst keine zweifelsfreie Ursache.

Seit Jahresbeginn hatte Friedrich Wilhelm auf diese Weise schon über dreißig Grenadiere verloren, worauf er jeweils tagelang düster vor sich hinlotzte und mit seinem Leibarzte Stahl über der Frage brütete, wie man endlich der giftigen Erdhauche Herr werden könne, die seine geliebten blauen Kinder eines nach dem anderen niedermachten.

Stahl schlug vor, Essig auf eine glühende Schaufel zu gießen und so die Schlafräume der Grenadiere zu beräuchern, im Weiteren mit Rosmarin und Wacholder. Dies sei ein neues, erfolgreiches, zumindest nicht eindeutig gescheitertes Recept der Pestärzte.

Zudem sollten alle Grenadiere stets einen mit Essig getränkten Schwamm in der Tasche tragen und regelmäßig daran riechen.

Friedrich Wilhelm winkte ärgerlich ab, das sei doch Zauberquark, und meinte, es wäre besser, alle Betten und Laken zu verbrennen, die Wände neu zu tünchen und die Räume eine Woche lang ununterbrochen zu lüften.

Lüften, fragte Stahl, wozu das gut sein solle, das führe doch nur neue schädliche Luft herein, der Name sage es ja schon. Bekämpfen müsse man die Luftgifte, und nur Wohlgeruch vermöge dies.

Inwiefern verbrannter Essig bitteschön zu den Wohlgerüchen zähle, rief Friedrich Wilhelm.

Doch während sie debattierten, überbrachte Creutz schon die nächste Todesnachricht, und der König jagte seinen Leibmedicus mit den Worten davon, er könne sich seinen Rosmarin sonstwohin.

Friedrich Wilhelm sah lange aus dem Fenster des Berliner Stadtschlosses, das er vorsichtshalber hatte schließen lassen. Das laute Pfeifen der Vögel war dennoch so deutlich zu vernehmen, als säßen sie draußen auf dem Gesimse. Am Himmel stand keine einzige Wolke.

»Creutz …«, sagte der König, »… das Wetter ist weich.«

»Ja, Euer Majestät«, sagte Creutz.

»Wir fahren nach Wusterhausen.«

»Majestät«, nickte Creutz und machte sich daran, alles Notwendige zu veranlassen, damit Friedrich Wilhelm und seine Familie den Spätsommer auf seinem Jagdschlosse verbringen konnten.

## Das ein und zwanzigste Capitel

### Worin der Leibmedicus Stahl aufhöret, in Säften zu denken

Bis alles bereit war zur Abreise nach Wusterhausen, was jeweils einige Tage in Anspruch nahm, hatten sich kurz hintereinander sieben weitere Grenadiere dem Tode unterwerfen müssen.

An den Leibmedicus Stahl war Ordre ergangen, genau zu ergründen, woran sie gestorben.

»Kriegspest«, meldete er schließlich seinem Könige.

»Kriegspest? Ohne Krieg?«, fragte Friedrich Wilhelm und trommelte mit allen zehn Fingern auf seinem Schreibtische herum.

»Es ist wahrscheinlich, Euer Majestät.«

»Also nicht gewiss.«

»Nun, die kleinfleckige *eruptio* auf der Haut, das hohe *febris* und die *deliria,* zumal jeder der Patienten innerhalb zwener Tage dahingestorben… es spricht alles für die Kriegspest, Euer Majestät.«

»Vermutungen! Nichts als Vermutungen!«, rief der König und schlug die Hände auf den Tisch.

Er blickte Stahl scharf an. Dann sah er sich links und rechts nach irgendetwas um.

*Bei Gott, er suchet seinen Stock,* dachte Stahl und sprach

rasch: »Euer Majestät, es ist keineswegs eine Vermutung, diese *eruptiones* als Folge der Kriegspest zu interpre—«

»Jaja, schon recht. Und wie habet Ihr die Grenadiere zu remedieren versuchet?«, fragte Friedrich Wilhelm, während er unter den Tisch schaute.

*Wo ist mein vermaledeiter Stock?*

»Ich ... habe ihre Median-Ader geöffnet, ihnen Theriac verschrieben und sie darauf schwitzen lassen, Euer Majestät«, antwortete Stahl mit Vorsicht.

»Aha. Wie immer also«, sagte der König und richtete sich wieder auf.

*Dieser alte Salbenkrämer.*

»Das Blutentziehen hilft bei allerhand Maladien, Euer Majestät«, verteidigte sich Stahl.

»Klar. Muss man sagen, wenn einem sonst nichts einfället.«

»Euer Königliche Majestät, ich —«

»Warum lasset Ihr Euch eigentlich nicht einmal selbst zur Ader, Doctor? Vielleicht wirket es ja gegen die Curpfuscherei?«

Unklugerweise bestand Stahl darauf, wirklich sein Bestes gegeben zu haben, und zwar genau in dem Momente, da des Königes Blick auf den hinter ihm gegen die Wand gelehnten Rohrstock fiel.

Doch als Friedrich Wilhelm aufstand und danach griff, um dem Doctor das Raisonnieren auszutreiben, da fuhr ihm ein grauenhafter Schmerz ins Handgelenk. Er schrie auf und ließ den Stock wieder fallen.

*Das Chiragra,* dachte Stahl.

Der König rief aus: »Doctor! Meine Hand brennet wie ein Feuer! Tut etwas!«

Stahl ging zum Könige hin, setzte ihn auf dessen Stuhl, erfasste seine Gichthand und besah sie.

*Was da drin wohl vor sich gehen mag? Es gibt Knochen und Sehnen und Bänder und Blut, so viel stehet fest,* überlegte Stahl, der schon manchen Toten aufgeschnitten.

Alles Weitere jedoch, namentlich der Grund für den Schmerz, wie ihn der König gerade erlitt, verbarg sich im grenzenlosen Nebelreich der Mutmaßerei, in dem die Ärzte seit Jahrhunderten herumtappten; wohl wissend, dass sie wenig wussten, sich aber in Ermangelung besserer Kenntnis weiterhin auf dieses wenige verließen und auf eine Methodik, die noch viel dürftiger war.

*Es müsste Geräte geben, mit denen man in die lebenden Körper hineinschauen kann,* dachte Stahl.

Wobei sich die Frage stellte, was man mit den sich daraus ergebenden Einsichten würde anfangen können. Ein lebender Organismus, der einem Rätsel aufgibt, tut dies ja nicht in einem weniger zusetzenden Maße als ein toter.

»Was ist nun mit meiner Hand!«, rief der König Stahl aus dessen Gedanken.

Der Medicus fasste den vorderen Unterarm und die Hand des Königes, die er nun im Gelenke behutsam auf und ab bewegte, wie einen kleinen Ziehbrunnen.

Der König schrie abermals.

»Es ist das Chiragra, Euer Majestät«, sagte Stahl.

»Das was?«

»Das Zipperlein.«

»Warum habe ich das Zipperlein im Gelenke!«, rief der König.

*Eine gute Frage,* dachte Stahl.

*Warum ist seine Hand chiragramisch?*

*Sein Blut muss schlechtgeworden sein.*

Stahl dachte, wie alle seine Collegen, in guten und in schlechten Säften. Das war zwar, wie er schon seit geraumer Zeit fand, reichlich einfach, doch ein besseres gedankliches Modell fehlte auch ihm.

*Das Blut ist also schlecht,* überlegte Stahl weiter.

*Es muss sich im Handgelenke gestauet haben.*

*Und darumben ist es schlechtgeworden.*

*Denn wenn es stauet, wird es schlecht.*

*Deshalb die Schmerzen.*

*Schlechtes Blut schmerzet.*

*Irgendwie so.*


Dann überlegte Stahl, dass des Königes Blut nicht schlechtgeworden, weil es sich staute, woran sollte es sich auch stauen, wer kam überhaupt auf einen solchen Mist, sondern weil der König ungesund lebte.

*Ja,* dachte er, *es muss an der Ernährung liegen. Der König isset schwer und trinket viel. Man sehet ihm auch beides an. Aber wie sage ich ihm das itzo?*


»Stahl«, rief Friedrich Wilhelm ungeduldig, »warum habe ich das Chirurga!«

»Chiragra.«

»Wie auch immer!«

»Euer Blut ist schlechtgeworden«, sagte Stahl.

»Warum!«

»Ich fürchte, weil Euer Majestät zu schwer essen, vor

allem zu viel Fleisch, und weil Euer Majestät zu viel Bier und Wein trinken.«

»Ach was! Mir schmerzet die Hand, nicht der Bauch!«, rief der König und zog den fraglichen Körperteil fort.

Nun steigerte sich Stahls Moment der medizinischen Klarsicht zur schieren Erleuchtung; er sprach: »Alles stehet in Zusammenhang, Euer Majestät... Blut und Körper, Geist und Nahrung... Man kann nicht das eine ohne das andere betrachten...«

*Was rede ich da eigentlich,* dachte er, *gleich lässt er mich einkerkern.*

»Narrenpossen!«, brüllte der König. »Mir gehet es gut!«

Stahl versuchte es weiter: »Als Euer Medicus möchte ich Euch nahelegen, für eine gewisse Zeit auf die alcoholischen Getränke zu verzichten. Wie auch auf das Fleisch und überhaupt auf die schweren Mahlzeiten. Esset lieber frisches Gemüse.«

»Den Teufel werde ich. Diese Dinge schaden mir nichts. Bringet mir itzo eine Arznei gegen die Pein! Eines Eurer Pulver!«

Stahl überlegte.

»Euer Majestät, ich kann Euch zu nichts anderem raten als zu einer schonenden Kost«, sprach er eindringlich.

»Und ich kann Euch zu nichts anderem raten, als mit diesem Schwachsinne aufzuhören, wenn Ihr nicht inskünftige die Ratten in Spandow in Cur nehmen wollet!«

Friedrich Wilhelm zeigte gehässig in Richtung der genannten Festung.

Stahl gab auf und sprach: »Also muss ich Euch von dem verdorbenen Blute befreien.«

*Vielleicht hilft es ja,* dachte er.

»Ihr lasset mich zur Ader, das ist sehr einfallsreich«, spottete Friedrich Wilhelm, während er den Hemdsärmel heraufrollte und Stahl wieder einmal sein Instrumenta-Köfferchen mit dem Lasseisen und die Wundöle herbeischaffte.

## Das zwei und zwanzigste Capitel

## Worin Creutz dem Könige eine neue Einnahmequelle präsentieret

Am übernächsten Tage, einem drückend blauen Freitage, liefen sechs Riesen in südöstlicher Richtung über die märkischen Sandwege. In ihrer Mitte rollte der vierspännige Reisewagen des Königes.

Friedrich Wilhelm hatte den Grenadieren befohlen, den ganzen Weg nach Wusterhausen neben seiner Kutsche zu marchieren; drei auf der linken Seite und drei auf der rechten, die Hand auf dem Kutschdache. Es war ein neuer Einfall von ihm, und er stellte bald fest, dass er sich auf Reisen noch nie so sicher gefühlt hatte.

Die Riesen, darunter Gerlach und Porcavi, der mittlerweile verschiedentlich den Verdacht geäußert hatte, dass die Geschichte mit dem *conte* wohl nicht restlos der Wahrheit entspreche, sowie Henrikson, der sich seit seiner Bestrafung beunruhigend angepasst verhalten hatte, schätzten den Auftrag weniger. Sie hatten ihre Uniformen nassgeschwitzt, noch bevor der Tross die sternförmig angelegten Schanzwerke der Festung Berlin hinter sich gelassen. Der Schweiß rann ihnen in kitzelnden Fäden über Stirn und Schläfen, während Dampf aus ihren Krägen schoss.

In Friedrich Wilhelms Wagen saß nebst ihm nur Creutz. Seine Familie sowie einige weitere Riesen mit Unter-Offi- ciers und Officiers, der Leibmedicus Stahl, die Pagen, die Kammerfrauen, die Köche, der Kellermeister und das Gepäck befanden sich in den nachfolgenden Kutschen. Der König mochte sich das versammelte Gemurre seiner Frau und Kinder, die sich jeweils nur höchst widerwillig nach Wusterhausen erhoben, nicht antun. Vor allem Prinzessin Wilhelmine konnte stundenlang schimpfen über das feuchte Schloss mit dem kargen Meublement, die deftigen Mahlzei- ten, die bei jedem Wetter im Freien eingenommen wurden, und überhaupt die ganze urwäldliche Gegend, in der nichts los sei. »Nicht prinzessinnengerecht«, pflegte sie die Um- stände zu beurteilen.

Friedrich Wilhelm war ohnehin schon gereizt. Der Verlust der Riesen betrübte ihn, der Aderlass hatte seinen Körper geschwächt, und sein Handgelenk schmerzte noch immer.

Am frühen Morgen hatte er deswegen abermals nach Stahl rufen lassen, der nach einem Blicke in eines seiner Bücher fünf Laubfrösche gefangen, sie zusammen mit eini- gen Blättern frischem Beifuß lebend in siedendes Baumöl geworfen und so lange gekocht hatte, bis sich das Fleisch von den Beinen geschält. Danach hatte er die Brühe aus- gezwungen, auf das Handgelenk des Königes gerieben und dieses mit warmen Tüchern umwickelt.

Die Receptur helfe bald, hatte Stahl dazu gesagt, sie habe sich bei chiragramischen Leiden schon oftmals bewährt.

*Hoffentlich*, hatte der König gedacht, *sonst ergehet es dir wie den Fröschen.*

»Creutz, wir müssen die Abgänge ersetzen«, sagte Friedrich Wilhelm, nachdem er sich die Tücher von der Hand gewickelt und damit das wirkungslose Froschöl abgerieben hatte.

Friedrich Wilhelms Geheimsecretair war vorbereitet. Er ergriff eine Ledermappe, entschnürte sie, nahm ein Document heraus und sagte: »Wenn Euer Majestät erlauben... ich habe Berechnungen angestellet.«

»Ja?«

»Unter den letzten Todesfällen haben sich einige Grenadiere befunden, dero Beschaffung mit hohen Kosten verbunden gewesen.«

»Ich weiß...«, sagte Friedrich Wilhelm traurig.

»Und es sind diesen Monat bis itzo...«, Creutz suchte auf seinem Papiere eine Zahl, indem er mit dem Finger auf und ab fuhr, »... neunzehn Mann desertieret. Siebenzehn haben wir erhaschet. Und alle siebenzehn gehänget.«

»Ich weiß...«, sagte Friedrich Wilhelm traurig. Er hatte die Urteile ja unterzeichnet.

Das Herz wurde ihm immer furchtbar schwer, wenn er einen seiner Riesen richten lassen musste. Doch weder persönliche Zuneigung noch eine hohe Investition ließen ihn jemals eine Ausnahme machen, wenn es darum ging, einen Fahnenflüchtigen zu justificieren.

»Wenn wir diese Männer ersetzen wollen, brauchen wir Geld«, sagte Creutz und blickte von seinen Papieren auf.

»Wir haben doch Geld?«, sagte der König.

»Wir geben auch viel davon aus. Für Kerls.«

Creutz sagte es wie ein Vater, der seinen Sohn darauf hinweist, dass zwischen dem aufgebrauchten Taschengelde und den häufigen Besuchen beim Zuckerbäcker eine Causalität bestehen könnte.

»Jaja«, winkte der König ab. »Also, was habet Ihr gerechnet?«

»Um es kurz zu machen: Es fehlen, wenn Euer Majestät das Militair im bisherigen Maße vergrößern und die Grenadiere weiter so flüchten und sterben, jeden Monat zwanzigtausend bis dreißigtausend Reichsthaler.«

Friedrich Wilhelm rieb sich das Handgelenk, das nach der Bekanntgabe dieses Betrages umso böser pochte, und fragte: »Wo bekommen wir eine solche Summe her?«

»Von hier«, sagte Creutz und tauschte sein Papier gegen ein anderes, um es dem Könige zu überreichen, »aus der Recroutenkasse.«

»Von der habe ich noch nie gehöret«, sagte Friedrich Wilhelm, während er das Document studierte.

»Sie existieret auch noch nicht.«

»Nein?«

»Nein. Wir begründen sie erst.«

»Und wozu?«

»Damit jeder, der von Euch ein Amt, ein Privilegium, ein geistliches oder ein weltliches Beneficium oder eine Gnade ausbittet, auf ihre Existenz hingewiesen werden kann.«

»Aha? Und dann?«

»Nun... je nach der Weise, wie er auf diesen Hinweis reagieret, gewähren Euer Majestät den Antrag.«

Creutz lächelte.

Der König überlegte.

Er sah zum Fenster hinaus. Der Straßenrand war schwefelgelb vom Löwenmaule, und auf den Äckern dahinter stand der Hohlzahn bis zum Horizonte in seiner purpurnen Blüte.

»Also… eine Form von Erpressung?«, fragte Friedrich Wilhelm.

»Ich würde es niemalen so nennen, Euer Majestät«, sagte Creutz und erhob die flache Hand.

»Nein, Ihr nennet es ja Recroutenkasse.«

»Exact. Weil wir daraus die Recroutierung financieren.«

Creutz lächelte.

Der König überlegte.

»Es gibt ja nicht wenige Anliegen solcher Art«, sagte er.

»Im Gegenteil, Euer Majestät.«

»Die Heiratsgesuche der Juden fallen mir da ein.«

Friedrich Wilhelm sprach *Juden* aus, wie man *Pestbeulen* ausspricht. Und zwar, wenn man sie hat.

»Ein gutes Beispiel. Wenn die Juden einen Beitrag in die Kasse leisten, könnte dies Euer Majestät geneiget machen, ihrem Ansuchen eher zu entsprechen. So würde man es ihnen auch erklären.«

»Interessant, Euer Plan, Creutz«, sagte Friedrich Wilhelm und lehnte sich tief ins Polster zurück, »sehr interessant.«

»Eine Zahlung würde zudem bezeugen, dass es dem Gesuchsteller ernst ist«, führte Creutz weiter aus.

»Das ist wahr«, sagte der König und nickte.

»Man kann diese Kasse im Übrigen auch nutzen, um bei kleinen Vergehen Straffreiheit in Aussicht zu stellen. Oder bei größeren eine Geldstrafe statt Gefängnis zu sprechen«, sagte Creutz.

»Das sind alles sehr gute Vorschläge«, lobte der König.

Creutz lächelte.

Der König überlegte.

»Was schätzet Ihr, würde uns diese Recroutenkasse einbringen?«, fragte er.

»Dreißigtausend Thaler pro Monat, ohne Probleme.« Creutz lächelte.

Und so auch der König.

»Was ist zu tun?«, fragte er.

»Wenn Euer Majestät hier Euer Hochwürdige Signatur anbringen wollen«, sagte Creutz, hielt dem Könige sein bereits vorbereitetes Papier und als Unterlage die lederne Mappe hin, um dann einer kleinen Holzkiste Feder und Tintenfässlein zu entnehmen und ihm auch dies zu reichen.

Der König setzte seine Unterschrift, was ihm wehtat und ihn die Lippen pressen ließ, an die vorgesehene Stelle.

»In der Mappe finden Euer Majestät übrigens einige Anliegen«, sagte Creutz.

Friedrich Wilhelm öffnete sie und las.

Da bat der Inspector Wrede zu Cüstrin darum, ihm den Sohn im Amte zur Seite zu geben.

*Soll in Recroutenkasse zahlen*, schrieb Friedrich Wilhelm mühsam an den Rand, nachdem er die Feder getunkt und abgestreift.

Da ersuchte ein Zollbeamter, der wegen Veruntreuung abgesetzt worden war und die unterschlagene Summe ersetzt hatte, von weiteren Untersuchungen verschont zu werden.

*200 Thaler*, schrieb der König.

Da fragte der Leiter einer Zollkontrollstelle in Crossen an, welchen von mehreren Bewerbern er einstellen solle.

»Solche Fälle«, sagte Creutz, indem er sich vorbeugte und auf das Papier deutete, »könnte man als Ausschreibung gestalten.«

Der König sah ihn an, zeigte gespielt warnend mit dem Finger auf ihn und grinste: »Ihr seid ein kluger Kopf, Creutz.«

*Wer 600 Thaler und mehr zahlet, soll haben,* schrieb er.

»Und der da...«, sagte Creutz, während der König als Nächstes ein Papier hervornahm, in dem ein Bürger von Reppen, ein gewisser Schwanhäuser, fünfzehn Thaler bot, wenn er zum Ratsmitgliede ernannt würde, »... der ist schon von selbst daraufgekommen, wie sein Wunsch zu erfüllen ist.«

»Fünfzehn Thaler für einen Posto im Rate, das wäre ja geschenket«, überlegte der König laut und schrieb: *40 Th.*

Da hatte eine Freifrau von Kniephausen im Witwenstande ein uneheliches Kind zur Welt gebracht.

»Diese gottlose Metze!«, rief Friedrich Wilhelm aus.

Er schrieb unter Schmerzen und einem kleinen entsprechenden Laute *13 000 Th.,* das konnte die Metze ohne weiteres entbehren, schließlich war sie eine Adelige, und reichte Creutz auch dieses Document, der staunend die Zahl darauf besah, sie erfreut zu den bisherigen addierte und seinem Dienstherrn schließlich vermelden durfte, dass die jüngsten Schäden in der Bilanz dank der neuen Recroutenkasse bereits schon hatten annähernd behoben werden können, just als ihr Gefährt sich verlangsamte und vor dem Jagdschlosse Wusterhausen zum Halte kam; einem Bau aus zwei identischen, an ihren Längsseiten verbundenen Giebelhäusern mit einem Treppenturme in ihrer Mitte, den eine Schweifhaube bekrönte.

## Das drei und zwanzigste Capitel
## Worin Creutz den Zorn des Königes wecket

Am nächsten Tage, die Sonne hatte ihren höchsten Stand seit ungefähr zwei Stunden verlassen, trat Creutz unter das türkische Zelt, das neben der alten Linde vor dem Schlosse über einen langen Tisch gespannt worden war. Der König, der daran gegessen und sich betrunken hatte, döste in seinem Sessel. Es waren nur zwei Geräusche zu vernehmen in dieser an Geräuschen ohnehin armen Welt: der vereinzelte Sang einiger Vögel und das Gewisper der Baumwipfel, in denen sie saßen.

»Majestät«, sagte Creutz.

Friedrich Wilhelm regte sich nicht.

»Majestät!«

Friedrich Wilhelm öffnete das linke Auge, erblickte Creutz und schloss es wieder.

»Was ist denn«, fragte er.

»Ich habe möglicherweise Kunde von Gundling.«

Der König erhob sich aus seinem Sessel, was angesichts seiner Körperfülle und der vier Portionen Ragout vom Frischling, die er gegessen, etwas Zeit in Anspruch nahm.

»Wieso möglicherweise?«, fragte er schließlich.

»Es wurde heute Morgen unweit Potsdam eine männliche Leiche am Ufer der Havel gefunden«, sagte Creutz.

»Bei meiner Seel … Gundling?«

»Größe und Kleidung passen. Der Tote hat aber offenbar schon ein paar Tage im Wasser gelegen.«

»Und das heißet?«

»Dass man nicht mehr sagen kann, wer es ist. Er ist auch schon in der Stille begraben worden.«

»Keine Papiere?«

»Nein.«

»Und von Gundling sonst keine Spur?«

»Nein.«

»Was denket Ihr?«

Creutz schwieg lange.

»Ich denke«, sagte er mit einer Stimme wie ein Windstoß im Januar, »der Abend im Collegium hat die Grenzen des guten Geschmackes überschritten.«

Einen Moment lang geschah nichts.

Dann traten Friedrich Wilhelms blaue Augen aus seinem Schädel heraus, immer weiter, als wollte sein Gehirn platzen; sein Gesicht errötete, er riss den Zeigefinger empor und schrie Creutz mit fliegendem Speichel an: *»Was glaubest du Hundsfott, wer du bist, mir zu sagen, wo meine Grenzen liegen!«*

Die Anwesenden, zwei Pagen, unterbrachen das Abräumen des Geschirres und schauten erschrocken hin.

Creutz wich einen halben Schritt zurück, aber nicht wie ein Eingeschüchterter, sondern wie ein Fechtkämpfer, und sah dem schwer atmenden Könige weiter ins Gesicht.

»Bei aller Hochachtung, Euer Majestät, aber der Vorfall werfet kein gutes Licht auf die Crone«, sagte er ruhig.

Friedrich Wilhelm kniff die Augen, lehnte sich vor und flüsterte dunkel: »Du drohest mir?«

»Ich gebe lediglich wieder, was ich erfahre, Euer Majestät. Die Affaire ist bekannt. Die Berliner Geschriebenen Zeitungen haben schon mehrmals darüber berichtet.«

»Und wie, bittesehr, ist sie bekanntgeworden«, zischte der König.

»Offenbar hat sie einige der Generale dermaßen erheitert, dass sie ihr Amusement mit anderen teilen wollten. Und Gundling scheinet verschiedentlich gedrohet zu haben, sich das Leben zu nehmen.«

Der König sah Creutz immer noch wütend an, sagte aber nichts mehr.


Die Episode war peinlich. Nicht nur vor den Untertanen – vor allem vor Königin Sophie Dorothea. Sollte sie, die Freundin von Literatur und Wissenschaft, erfahren, dass ein angesehener Gelehrter sich ermordet, weil ihr Gemahl wieder einmal einen lustigen Abend gehabt, so würde dies Unfrieden an der höchsten Stelle des Staates bedeuten.

Ohnehin hatte Friedrich Wilhelm seit einiger Zeit den Eindruck, dass hinter seinem Rücken Dinge liefen, und zwar aus dem Ruder.

Prinzessin Wilhelmine, die kleine Schlange, schaute immer so verschworen, wenn sie aus der Kammer ihrer Mutter kam; verschworen und gleichzeitig unfassbar gelangweilt. Ein Hinterhalt aus purem Ennui, so wirkte ihre Miene.

Und der Cronprinz… der würde sicherlich noch eine eigene Sorte Ärger machen.

Und ständig sein unerträgliches Flötengequieke… wenn

er doch wenigstens die Trompete oder die Posaune oder ein anderes volltönendes Instrumentum spielte... reiten und schießen kann er auch nicht. Man hätte von Anfang an einen viel strengeren Sinn gegen ihn tragen sollen!

Der König griff nach der Lehne seines Sessels.

Er hatte viel gegessen und getrunken... und jetzt noch diese schweren Gedanken...

»Sorget dafür, dass die Angelegenheit vor Ihro Königlichen Majestät Sophie Dorothea cachieret wird«, brummte er.

»Jawohl«, nickte Creutz, schaute dem Könige so lange in die Augen, bis dieser den Blick niederschlug, und drehte sich auf dem Absatze um.

»Und lasset weiter nach Gundling suchen!«

»Gewiss.«

»Was ist mit seiner Verlobten?«

»Sie weiß nichts von seinem Verbleib.«

»Und hat er nicht einen Bruder?«

»Doch.«

»Wo?«

»In Halle. Er lehret an der dortigen Universität.«

»Schicket eine Escadron.«

»Sehr wohl.«

## Das vier und zwanzigste Capitel

### Worin Schmidt die Größe eines Coblenzer Zimmermannes exact abzuschätzen vermag

Ulrich Corneli legte die Rauhbank weg und strich mit der Hand über die vollkommen ebene Fläche, die er damit geschaffen.

Er trat zwei Schritte zurück, über einen Haufen Eichenspäne hinweg, und besah das aufgebockte Werkstück, das einer Truhe als Deckelplatte dienen würde. Den Körper hatte Corneli bereits fertiggestellt: filigran, auf hohen gedrechselten Füßen und mit aufgesetzten Zierleisten entlang der gezargten Ränder, so stand er an der Wand und wartete darauf, von Cornelis Schwager, einem Silberschmiede, mit Emblemen aus dem Reiche der Liebe verziert zu werden.

Die Truhe war eine Auftragsarbeit für einen Kaufmann, der sie seiner Tochter in die baldig zu schließende Ehe geben wollte, zur Aufbewahrung des Bettzeuges, seines zweiten Geschenkes.

Corneli nahm einen Besen zur Hand, um die Späne zusammenzukehren, da betrat Schmidt die kleine Tischlerei. Der Geruch von Holz und Beize und Lack drang ihm entgegen.

»Guten Tag«, sagte Schmidt, »mein Name ist Funken.«

»Guten Tag«, sagte Corneli, lehnte den Besen gegen die

Kante der Werkbank und rieb sich die Hände an der Hose ab, »wie darf ich Euch dienen?«

*Meine Güte, staunte Schmidt, der stößet ja fast an die Decke.*

»Mein Vater ... er ist sehr krank. Er wird bald sterben«, sagte er in düsterem Schauspiele.

»Das tut mir sehr leid. Möge ihm der Herr einen leichten Abschied bereiten«, sagte Corneli.

»Ich danke Euch. Aber ... so ist das Leben«, sagte Schmidt.

Es entstand eine traurige kleine Pause.

Schmidt schaute Corneli an, als suchte er bei ihm seelischen Halt.

*Sechs Fuß, einen Zoll,* schätzte er.

Corneli, der nichtsahnende Riese, lächelte tröstlich.

»Ich benötige einen Sarg«, brachte Schmidt hervor und reichte seinen Dreispitz von der einen Hand in die andere und wieder zurück.

»Wir werden etwas Würdevolles finden«, sagte Corneli und wandte sich zu einem Tische an der Wand um, wo sich Muster der Hölzer befanden, die in der Coblenzer Landschaft wuchsen.

»Nichts Aufwendiges«, sagte Schmidt und trat ebenfalls näher, »mein Vater war ... er ist ein wohlhabender, aber ein bescheidener Mann.«

»Ich verstehe«, nickte Corneli und nahm eines der Specimina in die Hand.

Die beiden Männer einigten sich auf einen einfachen, formschönen Sarg aus Buche, in dessen Deckel ein Kreuz aus Nussbaum eingelegt werden würde.

»Wie groß ist denn Euer Herr Vater?«, fragte Corneli und sah von dem Papiere auf, auf das er den Namen *Funken* und die Wörter *Buche* und *Nussbaum-Intarsie* geschrieben hatte.

»Er ist ein großer Mann, wie Ihr. Darf ich fragen, wie groß Ihr seid?«

»Sechs Fuß und einen Zoll, mein Herr«, antwortete Corneli und richtete sich zu seiner vollen Größe auf. Er wähnte sich weit genug von Preußen entfernt, um daraus kein Geheimnis zu machen.

*Na, sag ich doch,* dachte Schmidt.

*Das fünf und zwanzigste Capitel*

*Worin Gundling erwäget, sich tatsächlich
in einen Fluss zu stürzen*

Jacob?«

Nicolaus Hieronymus Gundling, Philosoph und Rechtslehrer in Halle, war reichlich überrascht, seinen als ertrunken und beerdigt geltenden Bruder vor der Tür seines Hauses zu sehen.

»Du musst mich verstecken«, sagte Jacob gehetzt, unter dem Arme eine lederne Reisetasche, aus der seine große Perücke und ein paar Documente herausschauten. An seinem Rocke klebte Laub.

»Komm erst mal rein«, sagte Nicolaus.

Jacob trat in das Vorzimmer ein und mit ihm der Geruch von Flucht und Aufregung.

Nicolaus schloss die Tür.

»Die Geschichten über dich sind also nicht wahr«, sagte er, nachdem sie in die Stube getreten waren.

»Welche Geschichten?«

»Dass du dich in die Havel gestürzet habest, weil der König üble Possen mit dir getrieben.«

»Zur Hälfte stimmet das. Hast du etwas zu trinken?«

Nicolaus sah seinen totgeglaubten Bruder noch einen Moment an, kratzte sich an der Schläfe, trat in die Stube, wandte sich dort zu einem hohen, schmalen Schranke, öffnete ihn, wobei die linke Tür knarrte, entnahm ihm eine gedrungene dunkelbraune Flasche und zwei Zinnbecher, stellte alles auf den Nussbaumtisch in der Mitte des Raumes, zog den Korken aus der Flasche und goss den Brandwein in die Becher.

Jacob leerte seinen in einem Zuge, stellte ihn ab und bedeutete dem Bruder mit einem Nicken in Richtung des Tisches, ihn nochmals zu füllen.

»Du bist also aus Berlin geflüchtet«, sagte Nicolaus, während er nachschenkte.

»Ja. Es ist aber gut, dass der König glaubet, ich sei ertrunken. So wird er nicht nach mir suchen.«

Er ließ sich auf einen Stuhl fallen.

»Wie bist du hergekommen?«, fragte Nicolaus und setzte sich ebenfalls.

»Mein Kutscher hat mich an den Schwielowsee gefahren. Danach bin ich zu Fuße weiter, durch den Wald nach Beelitz und dann« – Jacob atmete tief ein und aus – »über Köthen anhero.«

Er leerte seinen Becher und schob ihn mit den Fingerspitzen zu Nicolaus hinüber.

Dieser hob die Brauen, schenkte dem Bruder abermals nach und fragte: »Was ist denn geschehen?«

Jacobs Augen wurden feucht: »Der König hat mich zu seinem Narren erkläret.«

»Zum Narren? Aber… du bist doch Historiograph des Hofes?«

Jacob lachte bitter auf: »Nicht mehr. Ich bin itzo der Ritter von Potsdam.«

»Der Ritter von Potsdam?«, fragte Nicolaus; wissend, dass es so etwas nicht gab.

»Der Ritter von Potsdam«, sagte Jacob leise, nickte und kippte den Schnaps herunter.

»Ich verstehe nicht«, sagte Nicolaus.

»Ich auch nicht ... ich hätte mich doch besser ermordet.«

»Rede keinen Unsinn. Das wird sich alles klären.«

Jacob schüttelte den Kopf und sagte: »Gib mir noch einen.«

Nicolaus schob ihm der Einfachheit halber die Flasche hin.

Jacob trank der Einfachheit halber direct daraus.

Am nächsten Vormittage schlief Gundling im Gästezimmer seines Bruders laut schnarchend seinen Rausch aus. Derweil saß Nicolaus unten mit seiner Frau Sophie am Esstische und pellte ein Ei.

»War der schon immer so laut?«, fragte Sophie, die stets sagte, was sie dachte, und tat, was sie wollte, fürnehmlich mit jungen Männern, und auch hierüber frei sprach, was das Ansehen ihres Mannes an der Universität wie in der Gesellschaft empfindlich ramponiert hatte. Dieser war daher wenig erfreut, zu seinen bestehenden Sorgen auch noch den difficil beleumdeten Bruder im Hause zu haben.

»Wohl erst, seit er so säufet«, antwortete Nicolaus.

»Und seit wann säufet er so?«

»Keine Ahnung. Wir sehen uns nur selten.«

Das Schnarchen hörte auf.

Frau Gundling sah zur Zimmerdecke hoch und dann ihren Mann an.

»Ist er ersticket?«, fragte sie belustigt.

»Er wird sich zur Seite gedrehet haben«, sagte Nicolaus.

Kurz darauf, die Standuhr hatte gerade neunmal geschlagen, klopfte jemand heftig an die Tür.

»Du bist still!«, sagte Gundling zu seiner Frau.

Sie nickte, grinste aber dazu.

Draußen standen vier Soldaten, angeführt von einem mageren Unter-Officier und einem breitschultrigen Lieutenant.

»Nicolaus Hieronymus Gundling?«, fragte Letzterer.

»Ja.«

»Wir suchen Euren Bruder. Im Namen Seiner Königlichen Majestät Friedrich Wilhelm des Ersten, des Allergnädigsten Königes in Preußen.«

»Soviel ich gehöret, ist er tot.«

»Ich will nicht wissen, was Ihr gehöret, sondern ob er allhier ist.«

»Nein, er ist nicht hier.«

»Seid Ihr allein?«

»Meine Frau ist da.«

Der Officier sah links an Gundlings Kopfe vorbei ins Innere des Hauses.

»Eure Frau, soso…«, sagte er bedächtig.

*Wie meinet er das itzo?*, fragte sich Gundling.

»Sonst niemand?«, wollte der Lieutenant wissen.

»Nein.«

»Wenn Ihr von Eurem Bruder höret oder ihn antreffet, so meldet es sofort im nächsten Wachtlocal. Er hat sich unerlaubt vom Hofe entfernet.«

»Jawohl.«

Der Officier sah Nicolaus in die Augen, als wollte er sich bis auf den Grund seiner Seele hinabschaufeln.

»Gut. Auf Wiedersehen«, sagte er schließlich.

»Auf Wiedersehen, Herr Officier.«


Nicolaus schaute den Soldaten nach, bis die sechs Pferde hinter der nächsten Wegbiegung verschwunden waren, und wartete, bis er ihre Hufe nicht mehr hören konnte. Er ging ins Haus zurück und weckte seinen Bruder. Jacob verlangte undeutlich nach Schnaps.

Es gebe itzo keinen, sagte Nicolaus.

Dann Bier, sagte Jacob.

Auch kein Bier, sagte Nicolaus. Jacob solle aufstehen und runterkommen. Man müsse die Situation besprechen und eine Lösung finden.

Jacob erhob sich und nörgelte hinter seinem Bruder die Treppe hinab.

»Schau, ich habe genug Difficultäten«, sagte Nicolaus mit einem Blicke auf seine schöne untreue Gemahlin, während er Wasser für Coffee aufsetzte, »und ich kann nicht noch mehr gebrauchen. Vorhin waren Soldaten da und haben nach dir gefraget.«

Jacob riss die Augen auf: »Soldaten?«

»Soldaten.«

Jacob verlangte abermals nach Schnaps und bekam noch immer keinen.

Er könne hier nicht bleiben, sagte Nicolaus zu Jacob.

Das wisse er, sagte Jacob.

Was er also machen wolle, fragte Nicolaus.

Ach, sagte Jacob trüb… er werde wohl einige Steine in seine Rocktasche legen und sich in die Saale stürzen.

Na wunderbar, rief Nicolaus; nachdem er sich nicht in die Havel gestürzet habe, stürze er sich itzo also in die Saale!

Ob er eine bessere Idee habe, fragte Jacob, und vielleicht etwas zu trinken.

Nicolaus seufzte und holte den Schnaps. Nach dem dritten Glase besserte sich Jacobs Laune schlagartig. Er verlangte nach Papier, Kiel und Tinte. Nicolaus brachte ihm alles.

Sophie hatte sich in der Zwischenzeit gewaschen und elegant angekleidet.

Wohin sie gehe, fragte Nicolaus.

Nirgendwohin, rief Sophie fröhlich und verließ das Haus.

Nun nahm sich Nicolaus auch einen Schnaps.

Jacob prostete dem armen Hahnrey mit teilnahmsvoller Miene zu und schrieb dann einen Brief an seinen Förderer Grumbkow, dem er mitteilte, am Leben zu sein und nur in dem Falle nach Berlin zurückzukehren, dass —

Gundling nahm ein neues Papier, in dem er Berlin und damit seinen Aufenthaltsort außerhalb davon nicht erwähnte. Es schien ihm auch klüger, die Gerüchte über sein Ableben auszulassen.

Er würde, schrieb er also nach den Worten *Euer Hochwürdiger Hoch- und Wohlgeborener Herr Friderich Wilhelm von Grumbkow, Seiner Königlichen Majestät in Preußen Generallieutenant, Kriegs- und Etatministre,* nur in dem

Falle an den Hof zurückkehren, wenn erstens alle seine Schulden getilgt würden – davon hatte er einige, bei einigen – und ihm zweitens zugesichert werde, dass er für seine Flucht nicht belangt würde.

Und weiterhin freien Zugang zu den Kellereien habe, fügte er nach kurzem Überlegen an.

Jacob Paul von Gundling zählte dabei weniger auf das Gewissen des Königes als vielmehr auf dessen Charakter. Er wusste nun, wie viel dem Könige daran gelegen war, jemanden zum Narren machen zu können.

Einen zweiten Brief schrieb er an Lüdecke, seinen Diener, den er darin zur Adresse für den Austausch mit Grumbkow bestimmte, und legte ihm das Schreiben an Grumbkow bei.

## Das sechs und zwanzigste Capitel
### Worin Henrikson versuchet, den König vom Leben zum Tode zu bringen

Fast wöchentlich trafen neue Riesen in Wusterhausen ein. Der König war nicht nur ob ihrer Ankunft enthusiasmiert, sondern auch ob der Schilderung der mitunter phantastischen Umstände, die zu ihrer Ergreifung geführt hatten. Die Werbeofficiers gewannen in dem Maße, in dem sie ihre Scrupel niederlegten, falls sie überhaupt jemals welche gehabt, an Raffinement dazu. Anstatt einfach zuhauf in die Dörfer einzufallen, sondierten sie nun zuerst die Lage, indem sie als Schnurrer oder Musicanten verkleidete Männer vorausschickten, um später die Häuser, in denen Riesen lebten, zu umstellen. Manchmal warteten sie auch, bis sich alle Dorfbewohner sonntags in der Kirche versammelt hatten, und stürmten diese, nicht ohne vorher die Seile der Glocke durchtrennt zu haben, um das Alarmläuten zu verunmöglichen. Oftmals wehrten sich die überfallenen Bauern und Bürger gegen die Soldaten, und es gab nicht selten auf beiden Seiten Tote zu beklagen.

Hörte Friedrich Wilhelm solche Geschichten, wurde er ganz elektrisch, sprang vom Stuhle auf, umarmte den Erzähler, küsste ihm die Wangen, prostete ihm zu und überschüttete ihn mit Geld, Promotion und Orden.

Nicht immer aber behielt er, was man ihm überbrachte. Hatte ein Riese *kein gutes Gesicht,* wies der König ihn pikiert zurück. So einen wollte er nicht in seiner Leib-compagnie.

Tatsächlich schien der König gänzlich von dem Vorhaben bemächtigt, die Schönheit seiner Mannschaften zur Vollendung zu führen, und zwar nicht nur, was das Aussehen der Soldaten anbetraf, sondern auch hinsichtlich der Manuals, die er wieder und wieder einstudieren ließ.

»Ergreifet die Patron!«, commandierte er nun schon zum zehnten Male an diesem Spätsommermorgen, der zur Erleichterung der Grenadiere recht kühl ausfiel. »Öffnet die Patron!«

Gerlach, Porcavi und Henrikson, der die Befehle dank Cupiusens Unterricht in der freien Zeit mittlerweile verstand und auch ein klein wenig Teutsch sprechen gelernt hatte, und die übrigen siebzehn Grenadiere rissen die Patron, einen länglichen papierenen Beutel, der eine genau bemessene Menge Schießpulver, für das Feuerexercieren aber keine Bleikugel enthielt, mit den Schneidezähnen auf.

Wer dazu nicht imstande war, weil er keine hatte, konnte nicht Soldat werden, was schon verschiedentlich dazu geführt hatte, dass große junge Männer sich die Vorderzähne selbst ausschlugen oder jemanden baten, dies für sie zu tun, wobei diese riskierten, für die Verstümmelung eines Soldaten belangt zu werden, selbst wenn dieser noch gar nicht ausgehoben worden.

»Beißen sollet Ihr, bis das Pulver ins Maul kommet!«, rief der König.

Gerlach spuckte aus. Er hasste den pfefferscharfen Metall-geschmack.

»Das Pulver auf die Pfanne!«, rief der König. »Schließet die Pfanne! Links schwenket das Gewehr zur Ladung! Die Patron in den Lauf!«

Die Grenadiere gaben den Rest des Schießpulvers in den Lauf und steckten die Papierhülse vorn hinein.

»Ziehet den Ladestock! Den Ladestock in den Lauf! Den Ladestock an seinen Ort! Spannet den Hahn! Schlaget an!«

Die Soldaten stießen das abdichtende Papier mit dem Stocke ganz in den Lauf hinein und legten an.

»Feuer!«

Die Salve erfolgte unregelmäßig. Es lag, wie schon mehr-mals zuvor, an Porcavi, dem die Handgriffe einfach nicht zügig genug gelingen wollten.

Eine unmenschliche Wut packte den König; er konnte nicht begreifen, warum es so schwierig war, genau das zu tun, was er wollte, und fühlte sich unverstanden und gering-geschätzt von denen, für die er doch so viel tat und zahlte.

Diesermaßen zutiefst verletzt, rannte er mit erhobenem Rohrstocke durch den dichten Pulverdampf auf Porcavi zu und schlug ihn fünfmal hart auf den Kopf. Nicht zum ers-ten Male an diesem Tage.

Nachdem der König das Exercieren beendet, zogen sich die Grenadiere, die sich wieder einmal wünschten, nicht des Königes liebste Kinder und damit dem härtesten Dienste verpflichtet zu sein, in das eine der beiden Cavalliershäuser neben dem Jagdschlosse zurück, wo sie untergebracht waren. Porcavi musste gestützt werden, zumal ihm Blut in die Augen gelaufen war und er nicht sehen konnte.

Gerlach und Henrikson ließen sich auf ihre Betten fallen.

Nach wenigen Augenblicken richtete sich Henrikson wieder auf, deutete mit seinen Händen einen dicken Bauch an, tippte sich zweimal gegen die Stirn, zeigte zum Schlosse hin und setzte sich mehrmals ruckartig die Handkante an den Hals, wobei in seinen polarluftblauen Augen ein umstürzlerisches Licht zuckte.

Gerlach begriff sofort: Der König sei wahnsinnig und müsse sterben.

Er nickte, nachdem er sich vorsichtig umgesehen. Doch keiner nahm Notiz von ihnen.

Itzo, sagte Henrikson leise, indem er forsch mit dem Finger vor seine Füße wies, itzo müsse der König sterben. Mit dem Gewehre. Er sagte das Wort und griff mit beiden Händen in die Luft, als fasste er eine Flinte und zielte.

Aber die schössen nicht genau, sagte Gerlach nach kurzem Überlegen und machte eine schlingernde Geste.

Das stimme, sagte Henrikson mit einem nachdenklichen Nicken. Aber der König müsse sterben, er sei verrückt. Henrikson schlug sich mehrmals schnell hintereinander die flache Hand gegen die Stirn.

Dann sterbe man selbst, sagte Gerlach, setzte die Handkante an seinen Hals und wies auf sich und dann auf Henrikson.

Immer noch besser als das hier, sagte Henrikson mit einem Schulterzucken und einer weit ausholenden Bewegung.

Er dachte wieder nach. Dann lächelte er entschlossen.

Am nächsten Tage versicherte sich Henrikson, dass bei dem Tempo *Den Ladestock an seinen Ort* weder der König noch einer der Officiers in seine Richtung sahen, und ließ den Stock im Laufe stecken, anstatt ihn wieder an der Unterseite seiner Flinte zu befestigen.

»Spannet den Hahn!«, befahl der König.

Henrikson und die Übrigen spannten den Hahn.

»Schlaget an!«

Henrikson hob das Gewehr.

Er hatte mittlerweile ein gutes Gefühl für die zeitlichen Abstände zwischen den Befehlen, und kurz bevor der nächste erfolgte, bewegte Henrikson sein Gewehr nach rechts.

Er hatte den König nun genau im Visiere.

»Feuer!«, befahl Friedrich Wilhelm.

Die Salve krachte über den Platz.

Aus dem weißen Qualme heraus schoss Henriksons Ladestock und wirbelte einen knappen Zoll vor Friedrich Wilhelms Nase vorüber.

»Holla!«, rief der König aus und sah dem Stocke nach, wie er weit vorn mit eisernem Scheppern gegen einen Baum prallte.

Henrikson fluchte leise etwas Norwegisches.

Der König rief fröhlich, da habe wohl einer den Ladestock im Laufe vergessen; wer es gewesen sei?

Jeder der Grenadiere prüfte sein Gewehr, während die zwei anwesenden Officiers hin und her eilten, um den Fehlbaren zu ermitteln.

Kurz darauf zerrten sie Henrikson zum Könige.

Henrikson müsse, sagte Friedrich Wilhelm freundlich zu ihm, gut darauf achten, den Stock nach dem Anbringen der

Ladung wieder aus dem Laufe zu nehmen, und befahl dem einen Lieutenant beiläufig, der über die milde Reaction des Königes ebenso verblüfft war wie alle Übrigen, Henrikson bei der Suche seines Ladestockes behilflich zu sein.

Am Abend teilte Henrikson in seiner aus Teutschkrümeln und Gebärden bestehenden Sprache Gerlach mit, er bedauere das Misslingen des Attentats.

Gerlach hob die Schultern und ließ sie fallen.

Cupius kam hinzu und fragte Henrikson flüsternd und auf Norwegisch, ob er vorgehabt habe, den König zu ermorden.

*Naturlig,* antwortete Henrikson, was sonst.

Ob er *forrykt* geworden sei, flüsterte Cupius.

*Forrykt* sei hier nur einer, rief Henrikson.

Gerlach bat Cupius, Henrikson zu fragen, worin dessen Fluchtplan bestehe.

Cupius zischte, Gerlach solle endlich aufhören mit dem Gerede über Flucht.

»*Flukt?*«, rief Henrikson und fragte, an Cupius gerichtet, was Gerlachs Fluchtplan sei.

Cupius verdrehte die Augen und sagte, Gerlach habe keinen. Und man könne von hier nicht flüchten!

Gerlach fragte noch einmal, wie Henrikson zu flüchten gedenke.

Cupius ging kopfschüttelnd davon.

Gerlach und Henrikson blickten einander ratlos an.

## Das sieben und zwanzigste Capitel

### Worin der Zimmermann Corneli
### sich fatal betölpeln lässet

Schmidt betrat Cornelis Tischlerei und hielt die Tür für einen weiteren Mann auf.

»Guten Tag, Herr Funken«, sagte Corneli.

»Guten Tag. Das ist mein Bruder Johann«, wies Schmidt auf seinen Begleiter, der weder Johann hieß noch sein Bruder war, ihm aber dennoch nicht unähnlich sah. Beide hatten ein langes Gesicht mit hoher Stirn und ausgeprägtem Kinne und glichen damit dem Sichelmonde, wie ein Kind ihn zeichnet.

Corneli reichte Schmidt und danach dem Manne, den er für dessen Bruder hielt, die Hand.

»Gestattet mir bitte, wie gehet es Eurem Herrn Vater?«, fragte er.

Schmidt wechselte einen traurigen Blick mit seinem Complicen, der nicht Johann hieß, sondern Georg, und aussah wie ein Mörder, was er auch war.

»Es wird…«, brachte Schmidt hervor und atmete tief ein und aus, »… es wird bald zu Ende sein. Ist der… habet Ihr…«

Corneli nickte verständnisvoll und führte seine beiden Besucher in den überdachten Innenhof. Hier stand, neben neuen, alten, halbfertigen und kaputten Möbeln, der Buchensarg, verhüllt von einer Wolldecke.

Corneli zog sie weg, faltete sie zusammen und legte sie zur Seite.

»Heute Morgen frisch geölet«, sagte er.

»Nein«, sagte Georg entschieden und schüttelte den Kopf.

Schmidt und Corneli sahen ihn verwundert an.

»Was hast du, Johann?«, fragte Schmidt.

»Nein!«, rief Georg aus. »Das reichet nicht. Du weißt, wie groß Vater ist.«

Schmidt wandte sich an Corneli und wies beschämt auf Georg: »Guter Herr, bitte verzeihet, mein Bruder... er hänget sehr an unserem Vater.«

Corneli hob beschwichtigend die offene Hand und erklärte ruhig: »Der Sarg bietet Platz für einen Mann von sechseinhalb Fuß. Ich habe etwas Reserve eingepla—«

»Es reichet nicht!«, sagte Georg laut. »Komm!«, zog er Schmidt am Arm. »Komm, wir gehen.«

»Nun höre aber auf!«, riss Schmidt sich los. »Zeige etwas Achtung vor der Arbeit dieses Herrn!«

»Sie ist nicht gut«, sagte Georg verächtlich und zeigte auf den Sarg, »Vater wird da nicht hineinpassen.«

»Mein lieber Herr«, gab Corneli zur Antwort, weiterhin freundlich, doch im Tone des Berufsmannes, der sein Werk verteidigt, »die Dimensionen täuschen. Ein Sarg wirket immer kurz, wie auch ein Grab. Das habet Ihr sicherlich auch schon beobach—«

»Ah, ich täusche mich also!«, unterbrach Georg den Schreiner abermals und musterte ihn haderlustig. »Leget

Euch doch mal da hinein, wenn ich mich täusche! Wir werden ja sehen, ob es reichet!«

»Johann!«, rief Schmidt verärgert.

Corneli schaute Georg an, als hätte der eine schlechte Witzelei gemacht, sah aber keinen anderen Weg, seinen Standpunkt zu beweisen, und sagte: »Bitte, wenn Ihr mir nicht glauben wollet…«

Schmidt rief, das sei wirklich nicht nötig, der Bruder meine es nicht so.

Doch, er meine es so, sagte Georg.

Corneli zuckte mit den Schultern, hob den Deckel vom Sarge, stellte ihn gegen die Wand und stieg hinein.

*Ausgezeichnet,* dachte Schmidt.

Kurz bevor Corneli sich ganz niedergelegt, umfasste Schmidt von hinten mit dem rechten Arme seinen Hals und begann ihn zu würgen.

Corneli wehrte sich verzweifelt, doch nach wenigen Sekunden verlor er das Bewusstsein und sank wie ein Sack Getreide in den Sarg hinein. Schmidt und Georg fesselten und knebelten ihn, stopften, damit er sich nicht bewegen und auf sich aufmerksam machen konnte, wenn sie ihn auf die Straße tragen würden, die Wolldecke zwischen ihn und die Sargwand und suchten noch eine weitere, holten aus der Tischlerei zwei Hämmer und ein paar Nägel und gingen daran, den Sarg zu verschließen.

Als der wie eine kostbare Flasche Wein verpackte Corneli wieder zu sich kam, brauchte er einen Moment, um in der engen, schaukelnden Dunkelheit zu begreifen, was geschehen war.

*Funken, dieses Schwein.*

Sie hatten ihn in seinen eigenen Sarg genagelt, *seinen eigenen Sarg!,* und nun fuhren sie ihn auf einem Wagen fort.

Weiß der Teufel wohin und weshalb.

Es konnte nichts Gutes sein.

Corneli versuchte, sich zu bewegen, doch die Fessel und die Wolldecken ließen es bloß in minimaler Weise zu. Auch schreien konnte er nicht, er hatte ein Seidenhalstuch im Munde.

Blank und heiß explodierte die Furcht in ihm.

*Das acht und zwanzigste Capitel*

*Worin Gerlach und Henrikson*
*gemeinsam ihre Notdurft verrichten*

Nachdem Gerlach und Henrikson herausgefunden, dass weder der eine noch der andere einen Plan für eine Flucht hatte, machten sie sich daran, einen zu entwickeln.

Sie konnten dazu einzig jene Momente nutzen, die sich ergaben, wenn sie zusammen einen Wagen entluden oder irgendwohin zum Pinkeln verschwanden. Näherte sich jemand, mussten sie ihre Unterhaltung, die ohnehin nur mühsam vorankam, auf ein harmloses Thema verlegen.

Sie waren sich einig, dass eine Flucht aus dem schwerbewachten Potsdam zu viel Glück erforderte, ja eigentlich *nur* Glück, und sie sich nicht darauf verlassen wollten. Wenn, dann musste es hier in Wusterhausen geschehen, wo deutlich weniger Soldaten stationiert waren und es rundherum dichte Forste gab, in die man sich während eines Manövers leicht absetzen konnte.

Doch wegzukommen, war das kleinste Problem. Viel schwieriger war es, wegzu*bleiben*. Denn sobald jemand ihr Fehlen bemerken würde, schlüge er Alarm, und dann würden auf allen Straßen Steckbriefe versandt, während die Heidereiter in die Wälder ausgeschickt würden und Commandos in den Dörfern die Sturmglocke ziehen ließen. Es wäre dann nur eine Frage der Zeit, bis irgendein Bauer oder Bürger sie erkannte und für die zwölf Thaler, die es dafür gab, den Behörden meldete, wenn er sie nicht mit seinen Knechten gleich selbst überwältigte.

Ohnedem tat es nichts zur Sache, wie rasch Gerlach und Henrikson ihre Uniformen ablegen und gegen einfache Kleider tauschen konnten – durch ihre schiere Größe würden sie, die wie zwei von einer Gletscherzunge deponierte erratische Blöcke in der Landschaft standen, immer noch überall auffallen.


Als Gerlach und Henrikson nebeinander auf der Latrine des Cavalliershauses hockten, stieß ihn Henrikson an, imitierte mit den Zeige- und Mittelfingern beider Hände die Bewegung rennender Beine und sagte: »*Om natta! Om natta* marchieren!«

Es dauerte einen Moment, bis Gerlach begriffen hatte, dass Henrikson nicht vorgeschlagen hatte, nackt zu flüchten, sondern nachts.

Er teilte Henrikson in stark vereinfachter Sprache mit, dass man nachts nichts sähe, und legte zur Verdeutlichung die Hand vor seine Augen.

»Bei *måne!*«, sagte Henrikson und wies zum Himmel.

»Mond?«, fragte Gerlach.

Henrikson nickte.

Der sei mal da und mal nicht, sagte Gerlach und blinzelte mit den Augen.

Henrikson machte ein verdrießliches Gesicht.

Schweigend saßen sie noch einen Moment da, bevor sie

sich mit Stroh den Hintern wischten, die Hosen hochzogen und die Latrine verließen.

Im Westen setzte sich die Sonne auf die Wipfel der Eschen und Ulmen. Die Tage wurden merklich kürzer und brachten die Abreise aus Wusterhausen damit immer näher, denn der König pflegte nur bis November hier zu residieren. Sie benötigten bald eine Idee, sonst würden sie bis zum nächsten Sommer warten müssen. Vorausgesetzt, der König wäre ihnen dann immer noch derart gewogen, dass er sie wieder würde in Wusterhausen um sich haben wollen. Und vorausgesetzt, sie wären bis dahin nicht einer Seuche oder Strafmaßnahme zum Opfer gefallen.

*Das neun und zwanzigste Capitel*

*Worin der König seinem Ziele näherkommet,*
*zwanzigtausend Tiere zu morden*

Seit dem Morgengrauen pirschte Friedrich Wilhelm über
die Feldmark Machnow nahe Wusterhausen, seine mit
Vogeldunst geladene Flinte im Anschlage.

In etwas Abstande folgten ihm:

zwei Flintenspanner, bei denen der König nach jedem
Schusse sein Gewehr gegen ein identisches, geladenes
tauschte;

der am Vorabend eingetroffene Generallieutenant Friedrich Wilhelm von Grumbkow;

zwei Küchenknechte, deren Aufgabe es war, die erlegten
Rebhühner einzusammeln und an Schnüren aufzureihen;
schon an die vierzig Stück hingen da; die beiden Riesen
Gerlach und Porcavi als Personenschutz für den König und
Grumbkow; sowie, ganz am Schluss, Creutz, der mit dabei
sein musste, weil dem Könige selbst auf der Jagd – ja, gerade
auf der Jagd – gute Einfälle kamen, die er sofort festgehalten
und auch gleich ausgeführt haben wollte.

Vierzig Treiber mit Hunden und Lärminstrumenten
schritten derweil in Ketten den umliegenden Wald ab und
trieben die Rebhühner auf das offene Gelände hinaus, dem
Könige vor den Lauf.

Cronprinz Friedrich war nicht mit dabei, er saß nahe dem Schlosse mit seiner Querflöte auf einer umgestürzten Eiche, wo er einigen Rotkehlchen ein kleines Concerto gab, während Prinzessin Wilhelmine sich auf ihr Dachstübchen verzogen hatte, um wütend Patiencen zu legen.

Am Himmel jagten, nachdem sich der gestrige Tag äußerst sommerlich gezeigt, finstere Wolkenungetüme hintereinander her. Creutz, bereits erkältet, schlug den Kragen seines Lodenmantels hoch. Der Wind half ihm dabei.


Ein Rebhuhn, von einem Treiber mit dem Holzstocke aus einem Gebüsche gescheucht, näherte sich, in kleinen Schritten über den Boden rennend.

»Ha!«, flüsterte der König und zielte.

Das Rebhuhn wurde seiner gewahr und drückte sich flach auf den Boden.

Es sah den König verängstigt an.

Ein Schuss krachte.

Das Rebhuhn sah noch immer den König an.

Friedrich Wilhelm fluchte und warf sein Gewehr dem einen Flintenspanner zu, der es geübt auffing, während ihm der andere ein geladenes reichte.

Der König legte an und feuerte. Der Schrot zischte über das Tier hinweg, traf es jedoch nicht. Das Rebhuhn nahm seine Flucht wieder auf, holte Anlauf und entschwand in die Luft.

Der König wechselte abermals die Waffen und traf endlich tödlich, was bedeutete, dass er noch einmal danebenschoss, Grumbkow am Arme packte und wütend auf das Huhn wies, das immer weiter hochstieg. Grumbkow, der ebenfalls eine Flinte trug, legte an, folgte dem Ziele ruhig, drückte ab und schoss das Huhn vom Himmel.

Ein Küchenknecht eilte nach vorn.

»Ich bin ein fürchterlicher Schütze. Und meine Hand ist immer noch nicht gesund«, klagte Friedrich Wilhelm, während das tote Huhn an ihm vorbeigetragen wurde.

»Majestät haben das Tier doch getroffen«, widersprach Grumbkow und reichte seine Flinte zum Laden nach hinten.

»Ach was! Am Arsche gekratzt habe ich den blöden Vogel! Ich muss mehr exercieren.«

»Wenn Euer Majestät meinen… allhier ergibt sich eine schöne Gelegenheit«, sagte Grumbkow und wies zu einer Gruppe Wacholdern, vor der sich zwei Rebhühner zeigten.

Der König sah hin, nahm die geladene Waffe entgegen und tötete beide Tiere, wofür er nur fünf Schuss benötigte.

Grumbkow klemmte den Kolben seiner Flinte in die Achsel und applaudierte.

»Creutz!«, rief der König nach hinten.

»Ja, Euer Majestät?«, schniefte Creutz.

»Wie viele?«

Creutz prüfte seine Aufzeichnungen.

»Neunzehntausendneunhundertundvierundzwanzig, Euer Majestät«, meldete er näselnd.

So viel Niederwild hatte der König seit der Machtübernahme erlegt. Heute wollte er endlich auf zwanzigtausend Tiere kommen.

»Also noch sechsundsiebzig«, rechnete Friedrich Wilhelm.

»Noch sechsundsiebzig, Euer Majestät«, bestätigte Creutz.

Sie gingen weiter am Rande des dunklen, alten Forstes entlang, in dem die Treiber und die Hunde herumlärmten.

Der König und sein General unterhielten sich über die gemeinsam bestandene Belagerung der zu Schweden gehörenden Stadt Stralsund im Jahre zuvor. Fröhlich zählte Grumbkow auf, was die Preußen mit ihren dänischen und sächsischen Alliierten alles in die Stadt hineingeworfen; als da waren Brandkugeln, Leuchtkugeln, Dampfkugeln, Stinkkugeln sowie die lästigen Giftkugeln, deren Brandsatz mit je drei Pfund Mercurium, weißem Arsenik und Rauschgelb angereichert war sowie mit einem ungesunden Saftgemische aus Bilsenkraut, Wolfswurzel und weißen und blauen Eisenhütlein.

Friedrich Wilhelm lachte und meinte, es sei den Schweden, diesen Canaillen, ganz recht geschehen, dass ihnen solche Ware auf die Köpfe geregnet, und nannte ihren kurz vor der Niederlage geflohenen König Karl den Zwölften den feigen Sohn einer dreckigen Hure.

Nun lachte Grumbkow und erging sich in einer längeren Freudenrede über die unterirdischen Sprengungen der preußischen Pioniere, die sich unbemerkt bis an die Brustwehren des Gegners herangegraben und sie aufs Herrlichste verwüstet hatten. Ein Ereignis, das Grumbkow, wie überhaupt alles, aus sicherer Distanz mitverfolgt hatte.

Der König nickte und meinte nach einer Pause, auch die freiwillig mitkämpfenden preußischen Chasseurs mit ihren gezogenen Büchsen seien eine große Hilfe gewesen und müssten künftighin jede Auseinandersetzung soutinieren. Ob freiwillig oder nicht.

Grumbkow billigte den Plan und bestätigte, keiner schösse

so scharf wie Preußens Jäger; sie seien wahre… nun ja: Scharfschützen.

Friedrich Wilhelm blieb stehen: »*Scharfschützen!* Eine ganz erstklassige Bezeichnung!«

Grumbkow bedankte und verbeugte sich.

»Creutz!«, rief Friedrich Wilhelm.

»Majestät?«

»Wir nennen die Chasseurs ab heute *Scharfschützen!*«

»Jawohl, Euer Majestät.«

»Schreibet das auf!«

»Schon geschehen.«

»Was haltet Ihr von dem Begriffe?«

»Trefflich, wenn Euer Majestät das Wortspiel erlauben.«

»Trefflich! Haha! Gut gesaget, Creutz!«

Grumbkow lachte laut mit; hauptsächlich ob seiner abermals gewachsenen Gunst beim Könige. Und die war gewiss nicht gering; sechsunddreißigtausend Reichsthaler betrug sein Jahreseinkommen, doch es reichte Grumbkow, dem Feinschmecker und Bonvivant, nirgendwohin. Er gab gern Gesellschaften, liebte Wein und Kunst und schnelle Pferde, war dem Frauenzimmer nicht Feind und ganz allgemein ein Mann des großen Gepränges – wohl der Letzte im ganzen Reiche, dem Friedrich Wilhelm dies noch erlaubte, doch Grumbkow verstand sich derart gut auf die Kunst, als ein lauterer, wohlmeinender Mensch zu wirken, der nichts anderes als die Wahrheit spricht, dass der König, der sehr auf diese Tugenden hielt, sie auch deutlich in ihm sah und ihn darob in höchste Ämter erhoben hatte.

Grumbkow exploitierte seine Position aufs Schamloseste. Die Einblicke, die er in seiner Funktion als Kriegs- und

Etatminister, als persönlicher Berater des Königes und als ständiger Gast im Tabakscollegium gewann, teilte er gegen gutes Geld mit England und mit Österreich, das ihm zudem regelmäßig Riesen zukommen ließ; inländische und gefangengenommene osmanische mit gewaltigen Schnurrbärten. Sie landeten alle im Leibbataillon des Königes und brachten Grumbkow dadurch noch mehr Geld ein.

»Es war eine gute Action, unten in Stralsund«, sagte Friedrich Wilhelm, »aber ich möchte keinen Krieg mehr führen.«

*Interessant,* dachte Grumbkow.

»Warum nicht, Euer Majestät?«, fragte er.

»Ein Krieg ist teuer und detruieret das Commercium. Zudem habe ich viele Soldaten verloren.«

»Man verlieret in einem Kriege immer Soldaten. Und er ist immer teuer«, sagte Grumbkow.

»Aber ich habe einige so schöne Kerrels verloren. Und kürzlich sind wieder viele gestorben. Ich bin immer noch ganz chagrin darüber.«

*Interessant,* dachte Grumbkow.

»Konnten Euer Majestät die Verluste nicht ersetzen?«

»Doch, gerade letzte Woche habe ich zehn sehr schöne Kerrels aus Ungarn bekommen. Und sogar einen Mönch aus Rom. Aber sie ersetzen mir doch nicht jene, die ich verloren!«

Während er sprach, sah der König traurig auf seine Stiefel hinab, die das Laub teilten.

Grumbkow beobachtete ihn aus dem Augenwinkel.

»Es waren so schöne Leute unter den Gefallenen«, klagte

der König weiter und schüttelte den Kopf, »ich gäbe alles darumben, sie zurückzubekommen.«

*Interessant,* dachte Grumbkow.

Er hatte eine Idee.

Einen Steinwurf von ihnen entfernt, kroch ein Rebhuhn aus dem Unterholze heraus.

»Majestät«, flüsterte Grumbkow und wies auf das Huhn.

Der König hantierte hektisch mit dem Gewehre und feuerte irgendwohin. Das Huhn platzte in die Heide hinaus, der König hinterher, der General und die Flintenspanner mit ihm.

Das Huhn war schnell. Der König schoss im Laufen, die Schrotladung ging weit über das Huhn hinfort, es rannte weiter, an einem Heidelbeerstrauche vorbei, und hob ab.

Grumbkow musste ran.

## Das dreißigste Capitel

### Worin der Medicus Stahl ein letztes Mal an des Königes Vernunft appellieret

Nachdem Friedrich Wilhelm sein grünes Jagdkleid mit den schwarzen Schnüren abgelegt, sich gewaschen hatte und seine Uniform anziehen wollte, ereilte ihn, gerade als er seine rechte Hand in den Ärmel steckte, der nächste Gichtanfall. Er schrie auf, schüttelte den Rock ab, warf ihn zu Boden und befahl seinem Leibdiener Eversmann, der erschrocken den Kopf durch die Tür gesteckt hatte, nach Stahl rufen zu lassen.

»Stahl, warum hilft der Aderlass nicht?«, wollte der König wissen, nachdem sein Medicus zu ihm geführt worden. »Meine Hand schmerzet noch immer.«

»Bei einer Gichterkrankung ist leider keine so rasche Besserung zu erwarten, Euer Majestät«, antwortete Stahl. »Geduld ist gebot—«

»Geduld«, knurrte der König, »ich habe keine Zeit für Geduld.«

»Geduld und Erholung«, fuhr Stahl weiter, »zudem eine bessere Ernähru—«

»Fanget Ihr itzo wieder mit Eurem albernen Gemüse an?«, fragte der König.

»Ich bitte untertänigst um Verzeihung, Euer Majestät«, sagte Stahl, »aber die Ernährung ist die Grundlage allen Wohlbefindens, und die Jagd bei kühlem Wetter und in der dünnen Kleidung, wenn Euer Majestät stark schwitzen, überhaupt kalte Winde aus Nord und West; all das ist der Heilung nicht zuträglich. Und wenn ich schon dabei bin: Euer Majestät rauchen zu viel Tobak.«

Der König schaute seinen Arzt indigniert an und fragte: »Bezahle ich Euch eigentlich dafür, mir die Laune zu verderben?«

»Keinesfalls«, antwortete Stahl, »ich bin dafür bezahlet, Eure Gesundheit zu bewahren, und versuche dies auch die ganze Zeit.«

»Mit zweifelhaftem Erfolge«, sagte der König.

»Euer Allergnädigste Majestät hören ja nicht auf mich«, sagte Stahl pikiert.

»Natürlich nicht«, schimpfte der König, »Ihr empfehlet auch nur stumpfsinniges Zeug. Übrigens schärfet das Rauchen den Geist.«

»Das Rauchen schärfet vielleicht den Geist, es schädiget aber den Körper«, entgegnete Stahl. »Man höret es ja, wie Euer Majestät husten.«

Der König schüttelte den Kopf, nachdem er seinen Medicus erneut einen Moment lang mit Ressentiment betrachtet hatte, und sprach dann: »Ihr seid entlassen.«

Stahl war des Entsetzens voll: »Das ist nicht der Ernst von Euer Majestät!«

»Doch«, sagte der König und hob die Hand. »Gehet itzo.«

Hängender Schulter verließ Stahl das Gemach.

## Das ein und dreißigste Capitel

## Worin der Professor Gundling zwei unangenehme Zimmergenossen erhält

Unterdessen war Seckendorffs Kutsche aus Berlin eingetroffen. General Grumbkow, der sich vor dem Schlosse mit einem anderen Officier unterhielt, bat diesen um Verzeihung und trat über den Kies auf den Wagen zu, dem soeben Seckendorffs Diener entstiegen, um einen Holzschemel unter dem Verschlage zu positionieren.

»Euer Excellenz, General Grumbkow«, grüßte der herausgetretene Seckendorff, während er dem Officier entgegenschritt, die rechte Handfläche fürnehm nach außen gedreht und auch sonst ganz im Gebaren des hohen Herrn.

»Euer Wohlgeboren, General Seckendorff«, respondierte Grumbkow und neigte sein Haupt, wobei die schweren weißen Locken seiner Perücke nach vorn rutschten.

Wie ein Geschwisterpaar waren die beiden Männer geübt darin, sich durch winzige Blicke zu verständigen, und so merkte Seckendorff dem preußischen Generale sogleich an, dass dieser etwas ausgeheckt.

»Ich bin etwas steif von der Reise«, gab der neugierige Seckendorff vor, »gehet Ihr mit mir einige Schritte?«

»Sehr gern, Euer Gnaden«, antwortete Grumbkow und wies in Richtung des nahen Canals.

Als sie sicher sein konnten, dass keiner sie hörte, erzählte Grumbkow, der König befinde sich nach einigen Verlusten im Bataillon in vorteilhafter Gemütsverfassung, was ihn, Grumbkow, auf einen Einfall gebracht habe.

Nämlich, fragte Seckendorff.

Seckendorff habe doch Verbindungen nach Paris.

Officiell nicht, lächelte Seckendorff.

Natürlich nicht, lächelte Grumbkow.

Weshalb Grumbkow frage.

Nun, antwortete dieser, derzeit hätte ein verlockendes Angebot aus Paris vermutlich gute Aussichten, in Berlin Beachtung zu finden.

Ob Grumbkow meine, man solle dem Könige einen französischen Riesen offerieren, fragte Seckendorff nach kurzem Nachdenken.

Genau das meine er, antwortete Grumbkow.

Aber es sei doch bekannt, was der König von den Franzosen halte, entgegnete Seckendorff. Und dass er gegenwärtig genau auf sein Geld schaue, selbst bei der Riesenbeschaffung.

Ja, sagte Grumbkow, aber eine unicale, noch nie gehörte Proposition werde genau dieser Hemmungen wegen besonders reizvoll auf den König wirken.

Seckendorff dachte nach. Gut und recht, sagte er dann, aber woher man diesen extraordinären französischen Riesen herbekomme.

Wer sage denn, fragte Grumbkow listig, dass man einen benötige? Man brauche bloß jemanden, der von irgendwelchen phänomenalen Eigenschaften schwärme, den Kaufbetrag entgegennehme und an Seckendorff weiterleite.

Seckendorff blieb stehen, schüttelte ergriffen den Kopf und sagte, Grumbkow sei ein fabelhafter Spitzbube.

Grumbkow verbeugte sich tief.

Aufgeräumter Stimmung gingen sie im Lichte des schwindenden Nachmittages zurück zum Schlosse.

Als sie das Tabakscollegium betraten, hatten Fürst Leopold, einige andere Officiers und Creutz, der andauernd nieste, schon Platz genommen.

Er müsse ein Glas Wasser durch eine Gabel mit drei Zinken austrinken, empfahl ein General, das bringe die Erkältung sofort weg. Es sei ein Recept seiner Mutter, und die sei ihr Lebtag nie krank gewesen.

Creutz winkte ab und nieste.

Man rauchte und wartete.

Hin und wieder versuchte jemand einen Witz.

Schließlich trat der König ein.

Friedrich Wilhelm hielt nicht wie andere Majestäten gravitätisch und gemessen Einzug, sondern stampfte in den Raum hinein wie ein Viehhändler in eine Kneipe.

Er begrüßte die Männer, die er für seine Freunde hielt, und wusch sich die Hände, bevor er sich zu Tische setzte.

Die Rebhühner wurden serviert. Jeder nahm eine Portion und füllte seinen Krug mit Bier.

Der König erzählte von der Jagd und von dem officiellen neuen Begriffe: *Scharfschützen.*

Alle fanden ihn großartig.

Grumbkow habe ihn erfunden, sagte der König und wies auf den General.

*Dieser verdammte Aasknochen,* dachte Fürst Leopold.

Grumbkow lächelte in einer Verlegenheit, die so gut gespielt war, dass selbst Seckendorff sie ihm abnahm.

Ein Page trat ein. Es sei für den Hochwohlgeborenen Generallieutenant von Grumbkow ein Besucher angekommen.

Grumbkow wischte sich den Mund ab, nahm einen Schluck Bier, erhob sich und verließ die Tafel. Kurz darauf kam er zurück, den unsicher dreinblickenden Gundling an seiner Seite.

Der König hatte Grumbkows fünf Tage zuvor überbrachte Meldung, Gundling sei am Leben und zur Rückkehr an den Hof bereit, mit großer Erleichterung entgegengenommen und war ohne zu zögern auf all dessen Forderungen eingegangen: Er hatte seine Schulden beglichen, wobei Grumbkow bei der Gelegenheit kurzerhand einen eigenen Credit erfunden, und ihm schriftlich versichert, seine Flucht würde keine strafrechtlichen Consequenzen nach sich ziehen, da Gundling durch sein Verdienst um die Wissenschaft unentbehrlich sei für Preußen. Der Begriff *Preußen* beschränkte sich zwar auf das Tabakscollegium, verfehlte aber seine Wirkung auf Gundling nicht.

Grumbkow hatte die mit weiterem Heuchel und Schmeichel durchtränkte Begnadigung sowie die annullierten Schuldscheine an Lüdecke geschickt, und einen Tag darauf war Gundling wieder zu Hause in Berlin angekommen, mit dem zweifelhaften Triumphe, für den wiederholten Verlust seiner Würde diesmal immerhin einen Gegenwert erhalten zu haben.

»Gundling!«, rief der König, sprang auf, fasste den Professor bei den Schultern und drückte ihn heftig an sich. »Ihr seid wieder da!«

Seine Freude war ehrlich, sie galt allerdings nicht Gundlings Wiederkehr, sondern seinem erlösten Gewissen sowie natürlich all den Späßen, die nun wieder möglich waren.

»Ja«, sagte Gundling trostlos; wie ein Galeerensklave, den man, nachdem man ihn aus dem vor Haifischen strotzenden Meere gezogen und wieder angekettet hat, fragt, ob er froh sei, nicht gefressen worden zu sein.

»Bitte, nehmet ein Bier. Ihr … *möget* doch Bier?«, sagte der König, indem er bereits wieder in einen mephistophelischen Tonfall wechselte.

Gundling nickte.

Friedrich Wilhelm füllte einen Steinkrug mit Köpenicker Bier und reichte ihn Gundling.

Man setzte sich auf die lehnenlosen Stühle, aß, trank und schwatzte.


Wer eigentlich das Schießpulver erfunden habe, wollte Fürst Leopold von dem Professor wissen; das interessiere ihn schon lange.

»Es soll ein Teutscher sein …«, antwortete Gundling, »… Bartholomäus Schwartz, ein Mönch des Franciscaner-Ordens, der es anno dreizehnhundertdreißig zustande gebracht. Allerdings wider sein Vermuten.«

»Wider sein Vermuten, weshalb?«, fragte Leopold mit hochgezogenen Brauen, während er sein Besteck in den leeren Teller legte.

»Nun, er war in der Alchemie erfahren und pflegte öfters

zu laborieren, um die Natur der Mineralien zu erforschen. Doch als er ein wenig Salpeter und Schwefel in einem Mörsel stoßen wollte, begab es sich, dass ein Fünklein in den Mörsel fiel und sich entzündete. Die in dem Mörsel enthaltene Materie wurde dadurch verzehret, worüber Schwartz heftig erschrak«, sagte Gundling und nahm einen tiefen Schluck Bier.

Friedrich Wilhelm, der sich gerade eine Pfeife anzündete, und seine Gäste harrten der weiteren Worte des Professors. Wenn Gundling erzählte, erzählte er meist interessante Dinge, und seine Zuhörer vergaßen darob, wie sehr sie ihn verachteten. Doch ohne zu trinken, konnte er nicht reden, und irgendwann war er jeweils so besoffen, dass es ihnen wieder in den Sinn kam. Dann setzten sie sich hinter ihn, während er sprach, und bliesen ihm Rauch in seine Staatsperücke, bis sie qualmte wie der Schornstein eines Brauhauses.

»Nachdem der Mönch sich aber ein wenig erholet«, fuhr der Professor fort, »und dieser seltsamen Wirkung nachgedacht und gemutmaßt hatte, dass sie von der Vermischung des Salpeters und des Schwefels herrühren müsse, weil diese zwei contrairen Principia ineinanderwirkten, so hat er zu dem Salpeter und dem Schwefel auch noch gestoßene Kohlen geschüttet« – Gundling gestikulierte heftig, zeigte mit seinen Händen Vermischung und Stoßen und Schütten – »um hierdurch eine neue Wirkung zu decouvrieren: Er hatte frühmorgens ein Gläschen Brandwein zu sich genommen und einen Rest auf seine glühenden Kohlen geschüttet, die darauf eine hellblaue Farbe von sich gegeben, bevor sie verzehret wurden. Also feuchtet er Salpeter, Schwefel und Kohlen mit Brandwein an, stößet alles zu einem Brei, streichet die Massam auf ein Brettchen und stellet es an die Sonne. Als die Massam eintrocknet, zerbröckelt er sie – und hat dadurch diesem Pulver den Ursprung gegeben.«

Die Officiers nickten beeindruckt.

Gundling hob seinen Krug zum wiederholten Male.

Der König hustete heftig. Es klang, als würde jemand eine Kommode auf einem Muschelstrande herumschieben.

»Also ein Zufall«, sagte Leopold.

»Ja und nein«, sagte Gundling in seinen Krug hinein, während er ihn austrank.

Der König hustete immer noch und machte dazu Zeichen, dem Professor mehr Bier hinzustellen.

Gundling erzählte weiter, dass Bartholomäus Schwartz von der Kraft seines Inventums erfahren habe, als er ein wenig davon in den vorn offenen Halm eines großen, alten Schlüssels getan, das Pulver angezündet und beobachtet, dass es einen lauten Knall gegeben.

Das Geschirr wurde abgeräumt und ein frisches Bierfass gebracht. Die Qualität der Gespräche nahm zusehends ab. Gundling beteiligte sich ohnehin nicht mehr daran, er war damit beschäftigt, die halbvollen Krüge und Schnapsgläser zu leeren, die überall auf dem Tische standen. Er schwankte im Raume umher, ergriff ein ums andere Behältnis, trank es aus, lobte lallend den Brandwein, der nicht nur das Pulver des Mönches Schwartz bereichere, sondern auch das Leben des Professors Gundling, und gab ein ganz erbärmliches Bild ab, worin der König und seine Gäste Anlass zu großer Heiterkeit fanden.

Creutz, der als Einziger anders fühlte, sah Gundling eine

Weile lang zu, wie er um den Tisch herumruderte, und schlug schließlich vor, den Professor zum Schlafen zu legen.

Das sei eine ganz *ausgezeichnete* Idee, sagte Friedrich Wilhelm und ließ zwei Grenadiere kommen, die Gundling, so war es abgemacht, in eine Kammer verbrachten, in die sie zuvor zwei junge, an den Kratzpfoten beschnittene und vollständig entzahnte Bären gesperrt hatten. Czar Peter hatte die beiden Tiere dem Könige bei seinem ersten Besuche mitgebracht, als ihm noch nicht bekannt gewesen, womit man den König am leichtesten erfreuen konnte.

Man wolle nun, forderte der König die verbliebenen Gäste auf, nach draußen gehen; es werde noch … ein kleines Spectacel geboten.

*Irgendwas stimmet nicht,* dachte Creutz, während die Männer sich erhoben; *er schauet wieder so abgefeimt.*

Gundling lag währenddessen in seiner Kammer auf dem Bette, Einzelheiten der Schießpulverzubereitung murmelnd.

Das heisere Knurren in der Ecke hielt er für einen Vorgang seiner Verdauung.

Nachdem sich die Gesellschaft vor dem Schlosse versammelt hatte, schossen die zwei Grenadiere auf ein Signal des Königes einige Feuerwerkskörper durch das offene Fenster von Gundlings Kammer, was die Bären ordentlich in Stimmung brachte.

Man beschloss den Abend im gemeinsamen Ergötzen an den Lauten, die daraufhin nach draußen drangen. Creutzens nicht ganz unbegründete Ermahnung, die Scene sei des Hofes absolut unwürdig, ging im Gelächter unter.

*Das zwei und dreißigste Capitel*

*Worin der Leibmedicus Stahl
eine errettende Beobachtung machet*

A m nächsten Vormittage, er hatte noch nichts gegessen, hockte der entlassene und nach Potsdam zurückgekehrte Georg Ernst Stahl in seiner Stube auf dem Boden und ordnete sinnlos seinen Feldkasten.

Er entnahm den zahllosen Fächern geschraubte Büchslein mit gebrannten Alaunen zur Blutstillung, krampflösendem Bisam und entgiftender Siegelerde und vertauschte ihre Plätze, räumte die irdenen verglasierten Gefäßlein mit den abführenden Sennesblättern, den Jalappen und anderen Purgantia sowie dem Occidentalischen Bezoar aus und wieder ein, sortierte die leinenen Säckchen mit Tormentillwurzeln, Camillenblumen und Osterlucei und suchte lange und vergeblich und ohne zu wissen weshalb nach dem Citronenbalsam.

Schließlich knallte er den Deckel des Kastens zu, nahm seinen Rock und trat auf die Straße hinaus.

*Ja, ist denn das zu fassen,* dachte er zum wiederholten Male, während er an diesem ungewöhnlich warmen Herbsttage durch die Gassen von Potsdam stapfte, *dechargieret der mich einfach.*

*Mich! Seinen Leibchirurgen!*

*Aber soll er doch.*

*Soll er doch weiter saufen und fressen.*

*Wie der wassersüchtige Dickwanst in der Sänfte da.*

Innerlich kopfschüttelnd betrachtete Stahl den fettleibigen, kurzatmigen Mann, der an ihm vorbeigetragen wurde und sich mit einem Briséfächer, auf dessen Pergamente eine steinige Landschaft aufgemalt war, hektisch Luft zuwedelte.

Stahl begriff es nicht.

*Warum gehen die Leute so nachlässig mit ihrem Körper um?*, fragte er sich.

*Warum erkundigen sie sich nach dem Grunde für ihre Maladie und behaupten dann, wenn sie ihn hören, er treffe nicht zu?*

*Warum geben sie vor, an einer Verbesserung interessieret zu sein, wo doch ihr Interesse einzig und eindeutig darin bestehet, nichts zu verändern?*

Und, die wichtigste Frage überhaupt, apropos Veränderung: Was sollte nun aus ihm werden? Wie sollte er künftighin sein Geld verdienen?

Seiner Frau hatte er die Misere noch gar nicht eröffnet. Die würde ihm was erzählen.


Der ehemalige Leibmedicus Stahl wechselte ein paar Worte mit einem Collegen, den er schon zu Studienzeiten als sterbenslangweilig empfunden, wich einem Fuhrwerke aus und dann dem, was die dazugehörigen Pferde fallengelassen, wimmelte einen aufsässigen Schnurrer ab und nickte einem Lieutenant zu, dem er einst hatte den Arm absägen müssen. Der Lieutenant grüßte nun mit links.

Als Stahl an einer Conditorei vorbeikam, aus der es köstlich nach frischen Krapfen roch, machte sich in seinem Magen das fehlende Frühstück bemerkbar.

Er trat ein, kaufte drei Krapfen, bestaunte, derweil die Verkäuferin das Gebäck in Seidenpapier einschlug, deren Anmut und ungewöhnliche Leibesgröße. *Was ein Weib!*, dachte er, wünschte ihr einen recht schönen Tag, ging wieder seines Weges, biss in einen der Krapfen hinein, fand ihn herrlich, sagte mit vollem Munde langsam das Wort *herrlich* vor sich hin und erblickte in einer Seitengasse eine vollständig weiße Katze, die vier Junge säugte; alle rot und weiß gefleckt.

Er starrte die Katzen an, blickte von der großen zu den kleinen und zurück, hörte auf zu kauen, hörte auf zu atmen, ließ die Krapfen fallen und lief, so schnell er nur konnte, nach Hause, sattelte seinen Holsteiner, beantwortete keine der vielen Fragen seiner Frau und sprengte mit flatterndem Rocke nach Wusterhausen.

## Das drei und dreißigste Capitel

### Worin Gundling mit einer Beförderung gedemütiget wird

Zur selben Zeit wurde der bedenklich zerschundene Gundling aus der mit Bärendreck verschmierten Kammer befreit, von Brandthorst, dem Regimentsfeldscher und einstweiligen Leibmedicus des Königes, sorgfältig verarztet und schließlich an einen Tisch mit einem reichhaltigen Frühstücke gesetzt, das zu einem guten Teile aus Flüssigem bestand.

Der Grund für diese Annehmlichkeiten lag in Friedrich Wilhelms schlechtem Gewissen. Es hatte ihn sofort nach dem Aufwachen angefallen und wurde unterstützt durch die Blicke von Creutz, der schon den ganzen Morgen darauf verzichtete, Friedrich Wilhelm *Majestät* zu nennen.

Das schlechte Gewissen von Friedrich Wilhelm war eine bemerkenswerte Form von schlechtem Gewissen; ein wechselwirkend schlechtes Gewissen, wenn man so will; es galt wohl jenem, der schlecht behandelt worden war, aber auch jenem, der schlecht behandelt hatte und weiterhin schlecht behandeln wollte; eine zwiefache Einfühlung also, die es einzig zum Ziele hatte, den Geschädigten so weit zu besänftigen, dass er sich erneut würde schädigen lassen.

In Gundlings Falle brauchte es dafür nicht allzu viel;

einige Gläser Schnaps, etwas Geld und einen Titel mit Klang.

Einen solchen verlieh ihm nun der König, der sich zu ihm an den Tisch gesetzt; er ernannte den Professor feierlich zum Geheimen Rate und schaute ihn erwartungsvoll an.

Gundling sah knapp von seinem Teller auf und flüsterte einen kleinen Dank.

Friedrich Wilhelms Gewissen war noch nicht vollauf besänftigt. Es hatte zwar die Krallen aus seinem Fleische gelöst, hielt aber die Ohren immer noch angelegt und besah ihn weiter argwöhnisch.

Er benötige Gundlings Fachwissen, sagte der König bedeutungsvoll; für Staat, Commercium und Politik. Das war nicht einmal gelogen, daher konnte er es durchaus überzeugend vortragen.

Gundling sah erneut kurz auf und wieder weg.

Ohne Gundling gehe es einfach nicht, rief der König nun verzweifelt, und die Spielereien seien doch nur Spielereien, das müsse er doch verstehen, in dem Professor stecke doch auch ein kleiner Junge, der seinen Spaß haben wolle.

Dazu schlug der König freundschaftlich auf Gundlings Oberarm; genau auf die Stelle, in die einer der beiden russischen Bären hineingeschnappt hatte mit seinem zwar zahnlosen, aber nach wie vor ausgesprochen muskulösen Maule.

Gundling schrie auf.

Oh, das tue ihm leid, sagte der König.

Was es natürlich nicht tat.

Friedrich Wilhelm konnte nicht sagen, ob Gundling die Schwelle zur Beschwichtigung schon überschritten hatte. Zur Sicherheit erhöhte er das Gehalt des Professors.

Dieser sah abermals auf, als er von den tausend Extra-reichsthalern pro Jahr hörte, diesmal merklich länger und aufmerksamer.

*Er ist wie ein Hund,* dachte Friedrich Wilhelm verächt-lich, *man werfet ihm Dinge hin, die er mag, und gewinnet seine ganze Liebe.*

*Was könnte ich ihm noch hinwerfen?,* überlegte er und fragte Gundling im Tonfalle des reuigsten aller Büßer, wie er seinen guten Willen denn noch zeigen könne; er habe doch schon alles gegeben, was er zu geben habe!

Doch Gundling brauchte gar nicht mehr.

Es sei gut, sagte er und trank ein weiteres Glas Schnaps leer. Es sei gut.

*Er ist ein billiger Hund… ein viel zu einfacher Hund,* dachte der König enttäuscht, erhob sich und fragte sich, worin die Aufgabe des Geheimen Rates Gundling denn be-stehen könnte.

*Genau,* dachte er. *Er kann mir auf der Jagd die Hunde nachführen.*

*Erstens hasset er die Jagd.*

*Zweitens ist er pferdescheu.*

*Perfect.*

## Das vier und dreißigste Capitel

### Worin sich eine entscheidende Schwäche in Schmidts Planung offenbaret

Am Abend saß Friedrich Wilhelm der Erste, König in Preußen und Markgraf von Brandenburg, im Jagdschlosse Wusterhausen in seinem Bette und ärgerte sich.

Schmidt hatte sich für diesen Tag angemeldet, um den Riesen aus Coblenz zu liefern. Doch er war nicht gekommen.

»Wie erkläret Ihr es Euch, Creutz?«, fragte der König zum dritten Male.

»Vielleicht war Schmidts Plan nicht aufgegangen, Euer Majestät«, antwortete der Gefragte erneut, mit einem Kerzenleuchter neben dem Bette des Königes stehend, »und er musste einen neuen entwickeln.«

»Dann muss es eben ohne Plan gehen. Dann packet man einfach zu!«, entgegnete Friedrich Wilhelm und machte eine Faust in die Luft.

»Man kann schlecht einen Mann bei Tage durch die Gassen schleifen, Euer Majestät«, sagte Creutz.

»Wieso nicht? Wir machen das immer so.«

»Nur bei uns, Euer Majestät. In fremden Ländern gehen wir meist mit etwas mehr Bedachte vor.«

»Ich will den Riesen aber heute!«

»Ich bin sicher, Euer Majestät werden den Rie—«

Es klopfte an der Tür.

»Ja!«, rief der König.

Eversmann trat ein: »Euer Majestät, Schmidt ist gekommen«, sagte er.

Friedrich Wilhelm strampelte die Bettdecke zu Boden und stob barfuß und im Unterhemde aus seinem Schlafgemache hinaus.

Creutz seufzte, stellte den Leuchter auf eine Kommode und folgte dem Könige.


Auf dem Kiesplatze vor dem Schlosse stand ein Pferdewagen. Zwei Wachen waren herausgetreten. Das wabernde Licht ihrer Fackeln fiel glänzend auf die schweißbedeckten Holsteiner.

Der König kam aus der Tür geschossen.

»Schmidt, Schmidt! Habet Ihr den Zimmermann?«

»Jawohl, Euer Majestät«, sagte Schmidt und deutete wie ein Schaubudenbesitzer auf Georg, der neben ihm stand: »Nicht zuletzt dank den mimischen Künsten dieses Herrn.«

Georg verbeugte sich tief.

»Großartig! Beide sollet Ihr reich entlohnet werden, *reich!*«, rief der König.

Hinter ihm trat Creutz ins Freie und stöhnte.

Der König ließ zwei weitere Soldaten rufen, die Georg und Schmidt dabei halfen, die Fässer und Kisten vom Sarge zu heben, mit denen er verdeckt war, und ihn schließlich herunterhoben und auf den Boden setzten.

Georg nahm ein Brecheisen, setzte an und ließ den Deckel aufkrachen.

Corneli, der Riese aus Coblenz, war tot.

Er lag, trotz der darin herrschenden Enge, völlig verdreht in dem Sarge, den er, ohne es zu wissen, für sich selbst gefertigt. Sein Gesicht war entstellt von seinem verzweifelten Kampfe mit dem Tode.

Einen Moment lang war nichts zu hören außer dem Keuchen der Pferde.

Dann kam jenes des Königes hinzu, der schließlich schrie: »*Ihr verfluchten Narren! Ihr habet keine Luftlöcher gemachet!*«

*Das fünf und dreißigste Capitel*

*Worin der König beschließet,*
*seine Riesen fortan zu züchten*

F riedrich Wilhelm brachte schon den ganzen Morgen
damit zu, in seinem Schlosse herumzubrüllen und
Dinge an die Wand zu schmeißen. Die Geschichte mit dem
Coblenzer Riesen verärgerte ihn maßlos. Dass nun ausgerechnet Stahl sich anmelden ließ, half auch nicht gerade.

Was der unfähige Hundsfott wolle, schrie der König, er
habe ihn doch entlassen.

Der Doctor bestehe darauf, Seine Majestät zu sprechen,
sagte Eversmann, es sei wichtig.

Wieso wichtig!, rief der König.

Das wisse er nicht, sagte Eversmann, aber der Doctor
lasse ausrichten, wenn der König dies, was er ihm zu sagen
habe, nicht ebenfalls wichtig finde, so könne er Stahl unverzüglich aufhängen lassen.

Das überraschte und überzeugte Friedrich Wilhelm.

Er ließ nach Stahl rufen, der draußen stand; den Hut, wie
es sich geziemte, unter den linken Arm geklemmt.

Seine Majestät lasse bitten, sagte Eversmann und stellte
sich mit gesenktem Kopfe neben die offene Tür. Stahl trat
ein und machte, sich dem Könige nähernd, hintereinander
drei Bücklinge und ließ dabei seinen Hut kreisen.

Was er wolle, herrschte Friedrich Wilhelm.

Er habe einen Vorschlag, wie Seine Majestät zu Unmengen von großen Kerls kämen, ohne dass es Seine Majestät auch nur einen Thaler koste, antwortete Stahl umweglos.

Der König schaute ihn gehässig an und sagte, wenn Stahl sich erlaube, hier scherzige Reden zu halten, hänge er noch vor dem Mittage.

Nein, wehrte der Medicus ab, der Vorschlag sei ernst und simpel und verspreche Erfolg. Er brauche zur Erfüllung lediglich Zeit.

Er höre, sagte der König.

Nun, sagte Stahl, Seine Majestät hätten doch blaue Augen. Ja, offensichtlich.

Von wem Seine Majestät die hätten.

Von seiner Gnädigen Frau Mutter Sophie Charlotte, sagte der König.

Genau, sagte Stahl, Seine Majestät hätten die blauen Augen *ererbet*.

Der König nickte ungeduldig und forderte Stahl auf, endlich zu sagen, worauf er hinauswolle.

Gern, lächelte Stahl und sagte, so wie eine weiße Katze und ein roter Kater ihre Eigenschaften vermengten und miteinander rot und weiß gefleckte Kätzchen hätten, so zeuge folglich ein Riese, wenn man ihn mit einer Riesin kuppele, mit dieser ein riesiges Kind.

Friedrich Wilhelm schaute den Medicus aufmerksam an.

Er schlage dem Könige dahero vor, sagte Stahl, Riesen nicht länger zu kaufen und zu entführen, sondern zu *züchten*.

Der König dachte einen Moment mit ernstem Gesichte nach.

Dann begann er zu nicken und zu lächeln, beides immer mehr, umarmte den Doctor schließlich, machte dessen Entlassung rückgängig, stellte ihm in Aussicht, ihn zum Präsidenten des *Collegium medicum* in Berlin zu ernennen, umarmte ihn abermals und erteilte ihm alle Freiheiten zur Vorbereitung und Durchführung des Zuchtprogrammes.

Stahl bedankte sich mit zahlreichen Verbeugungen und sagte, er habe bereits eine passende Riesin ausgemachet. Eine sehr schöne.

Das sei großartig, rieb sich der König wohlgemut die Hände, und in dem Falle wisse er auch schon, mit wem sie zu copulieren habe.

## Das sechs und dreißigste Capitel

### Worin Schmidt in Spandow
### Hansens Besuch empfänget

Mein lieber Monsieur Schmidt«, lächelte Hansen einige Tage darauf durch die Gitterstäbe von Schmidts Zelle in der Spandower Festung.

Schmidt, der auf einer schmutzigen Wolldecke saß, schaute erschrocken auf.

»Hansen! Woher wisset Ihr — «

Er erhob sich.

»Die Informanten des Informanten. Ihr erinneret Euch.«

Schmidt nickte schwach.

»Eine unangenehme Sache mit dem Zimmermanne«, sagte Hansen.

Schmidt schwieg. Sein Gesicht war noch länger als sonst.

»Mit Eurer neuen Unterkunft auch«, sagte Hansen, nachdem er sich, auf den Zehen wippend, umgesehen hatte. Wobei es außer feuchtem Stein und Gitterstäben nicht viel zu sehen gab.

Schmidt sagte nichts.

»Angenommen, ich helfe Euch hier raus, versprechet Ihr mir dann, keine solche Dummheit mehr zu begehen?«

Hansen zeigte nach oben, wo er hergekommen und die Dummheit geschehen war.

Schmidt fiel auf, dass Hansens Ärmelaufschläge jetzt nur noch bis zur Mitte des Unterarmes reichten.

*Elender Geck,* dachte er.

»Verschonet mich mit Euren Scherzen«, sagte Schmidt.

Der König hatte ihn schäumend zu fünf Jahren Festungshaft verurteilt.

»Ich mache keine. Wie Ihr ja wisset, handle ich mit Informationen. Und ich habe am Hofe eine in Eurem Sinne placieret.«

Er machte eine dramatische Pause.

»Nämlich?«, fragte Schmidt müde.

»Wir können doch offen miteinander sprechen, ja?«, fragte Hansen und wartete ironisch ab, als könnte Schmidt die Frage auch abschlägig beantworten.

»Ja«, seufzte Schmidt.

»Gut. Ihr kümmeret Euch bekanntlich um die Aufträge in Territorien, wo die preußische Armee nicht operieren kann.«

Hansen wartete wieder lächelnd.

Schmidt tat ihm den Gefallen und nickte.

»Nun, genau dies hat mein Mittelsmann am Hofe dem Könige erkläret. Dass es nicht sinnvoll sei, auf ein derart wertvolles Instrumentum einfach zu verzichten. Der König hat das eingesehen und lässet Euch wissen, Ihr sollet den entstandenen Schaden begleichen, dann werde er Eure Dienste wieder in Anspruch nehmen.«

Schmidt schaute fragend.

»Zehntausend Thaler«, sagte Hansen lächelnd.

»Was!«

»Der Betrag sei einzuzahlen in … wie hieß das gleich …

genau: in eine Recroutenkasse. Beim Cabinettsecretair Marschall.«

Schmidt stöhnte.

Irgendwo schrie ein Mann, dem fürchterliche Schmerzen zugefügt zu werden schienen.

Hansen blickte in Richtung der durch die Gänge hallenden Laute und sah dann lächelnd und mit weit erhobenen Brauen Schmidt an; als wollte er sagen: Das sind aber keine schönen Perspectiven hier unten.

»So viel Geld habe ich nicht«, sagte Schmidt und starrte auf seine Wolldecke hinab.

Er hatte zwar gut verdient in den letzten Jahren, aber mindestens so gut spendiert.

»Nein?«, fragte Hansen.

»Nein.«

»Ich schon«, sagte Hansen.

Schmidt sah ihn an.

»Jaja, ich habe eine Menge Geld«, sagte Hansen in einer Art Gesang.

Schmidt sagte nichts.

Auch Hansen schwieg, und da Schmidt nicht wieder das Wort ergreifen zu wollen schien, half Hansen ihm nach: »Ich stelle mir vor, Ihr werdet einiges an Informationen nötig haben, um eine solche Summe zurückzahlen zu können.«

Schmidt sagte noch immer nichts.

»Hier ist schon mal eine: Wie ich vernommen habe, ist der König seit neuestem an großen Frauenspersonen interessieret.«

Schmidt schaute verwirrt.

»Ja, er will itzo Riesinnen haben. Als Gefährtinnen für

192

die Riesen. Um eigene zu züchten. Eine verrückte Geschichte ...«

»Ich soll *Frauenzimmer* fangen?«

»Große.«

»Das mache ich nicht!«

In vollendeter Dramaturgie erklang tief in den Gewölben erneut ein Aufschrei des Gefolterten.

»Gut, wenn Ihr meinet ... ich finde bestimmt einen anderen Socius«, sagte Hansen, zuckte mit den Schultern und machte zwei Schritte zum Ausgange hin.

»Wartet«, rief Schmidt, worauf Hansen stehenblieb und spöttisch guckte. Sein eines Auge genügte ihm dafür vollauf.

»Ich nehme den Auftrag an«, sagte Schmidt leise.

»Ach?« Hansen machte ein angenehm überraschtes Gesicht. »Das ist fein. In dem Falle wird mein Mittelsmann itzo den Monsieur Marschall aufsuchen, ja?«

Schmidt nickte resigniert.

Ein paar Stunden später kam Hansen mit einem Soldaten zurück, der an seinem Bunde lange einen Schlüssel suchte, bevor er schließlich Schmidts Zelle öffnete.

»Wohlan!«, rief Hansen.

Schmidt erhob sich, setzte seinen Dreispitz auf und trat heraus.

»Ihr stinket, meine Güte«, wedelte sich Hansen vor der Nase herum und schritt schleunig zum Ausgange hin. Schmidt folgte ihm benommen.

Draußen bestiegen sie eine Berline, in der Hansens Leibwache saß; der Mann, der nie etwas sagte, aber auch nichts zu sagen brauchte. Seine Erscheinung war Botschaft genug.

Der Kutscher stieg auf seinen Bock, ließ die Karbatsche knallen, und der Wagen setzte sich in Bewegung nach der Hauptstadt.

Schmidt sah angestrengt aus dem Fenster.

»Also, Monsieur Schmidt«, hob Hansen an, »wie viel von den zehntausend könnet Ihr mir sofort bezahlen?«

»Drei … vielleicht vier«, sagte Schmidt nach einer Weile, den Blick weiterhin nach draußen gerichtet.

»Sehr schön. Gebet mir drei«, sagte Hansen, »und die restlichen sieben werdet Ihr abarbeiten. Natürlich fallen Zinsen an.«

Schmidt sah Hansen fassungslos an. Was kam diesem gierigen Teufel noch alles in den Sinn?

»Sagen wir zweitausend?«, lächelte Hansen.

»Was! Das ist Wucher!«, rief Schmidt.

Die Leibwache wandte den großen Schädel langsam zu Schmidt hin, wozu der Ledermantel sein Knarren von sich gab.

»Auf jeden Fall ist es das«, sagte Hansen gutmütig.

Schmidt starrte wieder aus dem Fenster.

»Also, es bleibet alles beim Alten. Abgesehen davon, dass die Beutel aus der Schatzkammer des Königes jeweils direct zu mir kommen. So lange, bis Ihr mir elftausend Thaler gebracht habet, zuzüglich zu den drei, die ich itzo von Euch erhalte.«

»Was, wieso elftausend? Siebentausend und zweitausend sind nur neuntausend!«, rief Schmidt.

»Das stimmet, aber Ihr vergesset die Löhnung, die ich für die beim Könige placierte Information erhalte. Sie kos-

tet weitere zweitausend Thaler. Zusammen mit den siebentausend, creditiert mit zweitausend Zins, kommen wir auf
elftausend.«

Hansen lächelte.

Schmidt atmete einen Moment lang nicht mehr. Dann
ließ er Hansen mit überlauter Stimme wissen, dass er ihn
für einen verdammten Halunken halte und für einen Schuft
und einen Schurken.

Hansen sah seine Leibwache an und machte eine Kopf-
bewegung zu Schmidt hin. Die Leibwache ergriff Schmidts
rechte Hand und drehte sie rasch nach innen und unten.
Schmidt schrie auf und verkrümmte sich, um dem Schmerze
auszuweichen, wodurch er bald auf dem Boden der Kutsche
lag.

»Itzo seid doch nicht so widerborstig, Monsieur Schmidt.
Ein paar Aufträge, bei denen Euch mein Mitarbeiter hier
unterstützen wird, und die Geschichte ist aus der Welt.
Bitte, setzet Euch doch wieder hin.«

Die Leibwache ließ Schmidts Hand los.

Schmidt rappelte sich auf, setzte sich auf die Bank und
sagte trotzig, er wolle mit seinen eigenen Leuten arbeiten.

Hansen lachte und schüttelte den Kopf.

»Ich will Euch doch trauen können. Und darumben gebe
ich Euch meinen Compagnon mit.«


Die Kutsche hielt vor dem herrschaftlichen Hause, in dem
Schmidt eine Wohnung angemietet. Hansen beugte sich
zum Fenster und betrachtete das Anwesen.

»Hübsch«, sagte er, »viel hübscher als Spandow.«

Er lächelte.

Schmidt griff nach der Klinke des Wagenverschlages. Die Leibwache legte die Hand darauf.

»Habet Ihr die dreitausend im Hause?«, fragte Hansen freundlich.

»Nein.«

»Wo habet Ihr das Geld?«

Schmidt zögerte.

»Monsieur Schmidt, wo habet Ihr das Geld?«

»Vergraben.«

»Dann werdet Ihr es morgen Nachmittag im Hause haben. Mein Mitarbeiter wird bei Euch vorbeischauen. Passet Euch das?«

Schmidt zögerte und nickte. Die Leibwache gab die Klinke frei. Schmidt öffnete den Verschlag und kletterte hinaus.

»Einen schönen Abend. Und die Luftlöcher nicht vergessen!«, sagte Hansen.

Die Berline fuhr von dannen. Das helle Geräusch der Pferdehufe und Wagenräder auf dem Steinpflaster wurde von Hansens Lachen beinahe übertönt.

*Das sieben und dreißigste Capitel*

*Worin der König mit seinem Gewissen*
*Zwiesprache hält und sich von*
*den Franzosen verführen lässet*

Eigentlich hatte der Tag für den Hirsch gut begonnen. Nachdem ihn ein warmer Sonnenstrahl geweckt, wohl einer der letzten des Jahres und auf jeden Fall der letzte seines Lebens, hatte er einen kleinen Spaziergang durch das Gehölz unternommen und sich ein schmackhaftes Frühstück aus Gräsern, Blättern und etwas Rinde gegönnt.

Doch gerade als er sich einen Nachtisch in Form eines reich beblätterten Zweigleins genehmigen wollte, hatte er innegehalten.

Etwas Fremdes war da, wie ihm ein kurzer Windstoß mitgeteilt.

Viel Fremdes.

Und nichts Wohlgesinntes.

Der Rothirsch, ein vierjähriger ungerader Zehnender, spannte seinen schlanken Körper und nahm Witterung auf. Er spitzte die Ohren, öffnete leicht sein Maul und hob und senkte den Kopf, um die fernen Gerüche und Geräusche einordnen zu können. Seinen rechten Vorderlauf hatte er angewinkelt, bereit zu fliehen.

Dann hörte er sie.

Erst eine einzelne Bracke, bald einen hundertstimmigen, tödlichen Chor.

Der Hirsch warf sich herum und rannte los.

Seine Flucht dauerte bereits zwei Stunden, mit kurzen Unterbrechungen, in denen die Hunde, die monatelang in Atem gebracht worden waren, um eine Jagd durchzuhalten, die Spur eines anderen Tieres verfolgten und er sich etwas erholen konnte.

Doch bald rief einer der Menschen, die auf Pferden saßen und von denen es mittlerweile im ganzen Walde nur so wimmelte: »Tajau, tajau!«, und teilte damit seinen Begleitern mit, den Hirsch wieder gesichtet zu haben. Das gehetzte Tier gelangte ans Ende seiner Kräfte. War es anfangs noch gewandt zwischen den Bäumen hindurchgeglitten, mit einem präcisen Raumgefühle für sein Geweih, so streifte es mit diesem nun immer häufiger die Stämme, während in seinem Rücken die Meute der Treibhunde unaufhaltsam näherkam.

Laute, spitze menschliche Schreie mengten sich in das Gebell. Es war der König im Jagdfieber.

Auch Friedrich Wilhelms Tag hatte einen erfreulichen Anfang genommen.

Der Geheime Rat Jacob Paul von Gundling hatte sich, nachdem ihm seine neue Aufgabe eröffnet worden, geweigert, dem Könige die Hunde nachzuführen, woraufhin ihn die Jagdgesellschaft mit ihren Hirschfängern tüchtig durchgeprügelt.

Der Professor lag auf dem Waldboden, die Beine angezogen, die Arme vor dem Gesichte; wie ein dickes Ei im samtenen Mantel lag er da und flehte den König an, er möge bitte ein Einsehen haben und aufhören, ihn zu demütigen und zu schlagen, was in den Ohren des Königes nichts anderes war als eine Aufforderung, genau dies zu tun.

Schließlich war Creutz hinzugetreten, hatte Gundling aufgeholfen, trotz gegenteiligen Ermahnungen des Königes, hatte den Professor zum Wagen geführt, war auf den Kutschbock geklettert und losgefahren und hatte den schimpfenden König keines Blickes mehr gewürdigt.

Friedrich Wilhelm hatte Creutz – oder auch Gundling – noch nachgerufen, er sei eine gottverlassene Canaille. Dann hatte er sich in den Sattel gesetzt, oder sich vielmehr hinein-helfen lassen, denn mit seinen knapp zweihundert Pfund schaffte er es kaum mehr allein, und schnaufend die Jagd eröffnet.

Nun flogen die Baumstämme an ihm vorbei und warfen schnelle, kleine Schatten in sein schweißnasses Gesicht, während er sein Pferd wie ein Wahnsinniger prügelte und spornte. Es war das zweite an diesem Morgen; eines hatte er bereits zuschandengeritten, es lag tot irgendwo neben einer der vielen Schneisen, die man für die Parforcejagd in den Wald geschlagen. Auch dieses hier, ein braungescheckter Schlobittener, würde es wohl nicht mehr lange machen.

Ungefähr eine Sechzehntelmeile vor Friedrich Wilhelm stolperte der Hirsch zum wiederholten Male, doch diesmal gelang es ihm nicht mehr, sich aufzufangen. Seine Vorder-läufe gaben nach wie verkohltes Holz, er stürzte ins wir-belnde Laub hinab, schlitterte ein paar Fuß und sah sich auch schon von den Bracken umringt, die jedoch darauf abgerichtet waren, nicht zuzubeißen.

Der Atem des Hirsches ging flach und schwer. Zwei Jagdburschen brachten ihre Pferde zum Stehen, stiegen ab, gingen zu dem Tiere hin, fassten sein Geweih und hielten es fest, damit sich der König beim Fangstoße nicht verletze.

Friedrich Wilhelm, selbst erschöpft, stieg ebenfalls aus dem Sattel, zog seinen Hirschfänger aus der Scheide, kniete neben seiner Beute nieder, setzte die Klingenspitze auf das Herz des Tieres und stieß nach kurzer Andacht zu, den Schaft mit beiden Fäusten fest umschlossen.

Der Hirsch gab einen heiseren, überraschten Laut von sich. Dann sackte sein Kopf zur Erde und seine Augen brachen.

Dem Könige wurde etwas unheimlich zumute, und er erhob sich zügig, während das Blut von seiner Klinge tropfte.

Man lud den Hirsch auf einen Wagen, steckte sich Zweige an die Hüte und dem Hirsche einen ins Maul und begab sich zurück nach Wusterhausen.


Später an diesem Tage zog sich der König die Hose herunter und setzte sich auf den Leibstuhl.

Während er seinen Darm entleerte, meldete sich plötzlich sein Gewissen und kam ohne Umschweife zur Sache.

*Friedrich Wilhelm,* sprach es, *du bist ein gemeiner Mensch. Dein Verhalten gegenüber Gundling ist bösartig.*

Der König atmete lächelnd aus.

*Doch richtig böse,* sprach das Gewissen, *ja schlechterdings teuflisch ist deine Freude an seinem Leiden.*

Friedrich Wilhelm stimmte seinem Gewissen in beiden

Punkten zu. Allerdings hatte er im Umgange mit ihm auch eine gewisse Argumentationsfertigkeit erlangt.

*Ich bin böse, ja,* sprach er stumm. *Aber nur, weil Gundling mich böse sein lässet. Kein vernünftiger Mensch erniedriget sich derart. Er ist eitel und verschwendungssüchtig, und darumben verdienet er es nicht anders. Wenn einer immer wieder zurückgehet zu der Hand, die ihn fütteret und schläget, so schmecket ihm wohl das Futter ohne die Schläge nicht, und wenn ich ihn schon füttere, so kann ich ihn auch schlagen.*

Der König horchte in sich hinein und wartete ab, was sein Gewissen darauf wohl Kluges würde zu entgegnen haben.

Doch es schwieg.

War es überhaupt noch da?

Friedrich Wilhelm wartete einen Moment, zuckte mit den Schultern, wischte sich den Hintern mit einem Seidentüchlein, zog sich die Hose hoch, wusch sich die Hände, ging in sein Contor, stülpte die Schoner über die Ärmel und machte sich an die Arbeit.

Etwas später brachte Creutz ein parfümiertes Schreiben.

»Post aus Paris«, sagte er, es weit von sich haltend, wobei unklar war, ob das Schreiben ihn anwiderte oder der König.

»Aufmachen«, sagte Friedrich Wilhelm mit vollem Munde, in der Hand einen Teller mit Aufschnitt und Käse.

Creutz entsiegelte den Brief und begann zu lesen.

»Von wem?«, fragte Friedrich Wilhelm und schluckte herunter.

»Von Philippe de Bourbon, dem Duc d'Orléans ...«

»Was will der Franzos?«

Creutz las weiter, ließ das Papier sinken und sagte: »Er machet Euch ein Angebot.«

»Hat er Kerrels?«, fragte der König und griff in seinen Teller.

»Zween.«

»Was für welche?«

»Der Duc schreibet, es seien Zwillinge, sechs Fu—«

»Zwillinge?«, schrie der König und zerdrückte das Stück Käse, das er sich hatte in den Mund legen wollen. »Was saget er noch? Leset weiter, geschwinde!«

Creutz sah den König einen Moment lang an, raunte etwas Unverständliches, führte das Schreiben wieder vor sein Gesicht, las und sprach: »Die beiden Männer kämen aus Colmar, seien sechs Fuß und fünf Zoll lang, vierundzwanzig Jahre alt und von außerordentlich gefälliger Gesichtsbildung.«

Der König nickte mehrmals schnell hintereinander und fragte: »Was ist der Preis?«

Creutz zögerte, bevor er die ungeheure Summe aussprach: »Fünftausend *Louis d'Or*.«

»Das sind wie viele Reichsthaler?«

»Nach dem actuellen Cursus ziemlich genau zwanzigtausendsechshundert Reichsthaler, Euer Majestät.«

»Gut. Bezahlet den Duc.«

Creutz hob eine Augenbraue und sagte: »Wenn Euer Majestät erlauben... das ist ein sehr hoher Preis für zween Kerls.«

»Aber es sind Zwillinge. Zwillinge sind rar! Große erst recht.«

»Gewiss, aber wir wissen nicht, ob es wirklich Zwillinge sind. Vielleicht sehen sie sich bloß ähnlich.«

»Aber wenn Philippe es doch schreibet!«

»Das ist noch kein Beweis. Wir sollten das von unseren Leuten in Frankreich überprü—«

»Ihr seid zu misstrauisch, Creutz.«

»Nicht ohne Grund, wenn Euer Majestät an den spanischen Sechsfüßer denken, der bis heute nicht eingetroffen.«

»Der kommet sicherlich noch.«

»Es ist itzo zwei Jahre her.«

»Spanien ist weit.«

»Nicht zwei Jahre.«

»Wir werden sehen. Arrangieret itzo den Handel!«

Creutz sah den König unbestimmt an. Dann sagte er: »Euer Majestät können das Geld genauso gut zum Fenster hinauswerfen.«

»Das werde ich bald mit *Euch* tun!«

Einen Moment lang standen sie sich schweigend gegenüber.

»Also gut«, sagte Creutz und zuckte mit der Schulter, »ich werde eine Antwort aufsetzen.«

Während er das Schreiben des Duc zusammenfaltete, fügte er zu sich selbst sprechend an: »Es spielet ja ohnehin keine Rolle mehr ...«

Der König schaute böse: »Was soll das heißen?«

Creutz verbeugte sich ironisch, wandte sich zur Tür und sprach weiter: »... nichts mehr spielet eine Rolle ...«

»Creutz!«

Vom Korridor her erklang Creutzens Stimme noch einmal: »... nichts ...«

Der König stieß einen kurzen Fluch aus, folgte Creutz in dessen Contor und fragte, wo eigentlich Professor von Gundling sei.

Der Freiherr von Gundling sei auf der Flucht, sagte Creutz, ohne von dem Papiere aufzublicken, an dem er zu schreiben begonnen.

Auf der Flucht? Wohin?

Das Wesen der Flucht, sagte Creutz gelassen und schrieb weiter, bestehe darin, dass nur der Flüchtende das Ziel kenne.

Und wie Gundling, bittesehr, habe flüchten können, fragte der König auffahrend.

Er habe ihm geholfen, sagte Creutz.

*Geholfen?*

Ja.

*Ob er wahnsinnig sei!*

Nein, ein Mensch. Ein Mensch, der es nicht ertragen könne, wenn ein anderer Mensch zum Spaße über Wochen hinweg zu Tode geschlagen werde.

Der König musste unwillkürlich grinsen ob dieser Vorstellung und teilte Creutz mit, wenn er weiter raisonniere, werde er sterben. Er sei *so* kurz davor. Friedrich Wilhelm hielt Daumen und Zeigefinger nah beieinander.

Creutz ging nicht darauf ein, sondern schob dem Könige über den Schreibtisch hinweg den ausgefertigten Zahlungsbefehl zu. Hier, bitte, sagte er, die zwanzigtausendsechshundert Thaler, die der König so unbedingt loszuwerden trachte.

Er warf den Federkiel hin und verließ zum zweiten Male grußlos den Raum.

Der König sah ihm fassungslos nach.

Creutz war ein impertinentes Bürschchen geworden.

Aber ganz gleich, wie oft er Gundling zur Flucht verhelfen würde, der Professor würde immer wieder zurückkommen, sich aus lauter Geldnot und Stutzertum zu etwas befördern lassen, das es nicht gab, und am Ende dann doch wieder Prügel einstecken.

Friedrich Wilhelm gab einen hämischen Laut von sich und unterschrieb.

## Das acht und dreißigste Capitel
### Worin Betje und Gerlach
### Ordre erhalten zu copulieren

Einige Tage später überreichte Gerd Jacobs einer Mutter mit zwei Kindern einen ganzen Käsekuchen, nahm dafür fünf Sechspfennigmünzen entgegen und wünschte einen schönen Tag.

Frau Jacobs war nicht anwesend, sie verhandelte auswärts mit einem Getreidehändler, und Betje reinigte gerade in der Backstube den Fußboden.

Die Kundin scheuchte ihre Kinder liebevoll aus dem Geschäfte. Kaum war die Ladentür hinter ihr zugefallen, erklang erneut das Glöckchen, das sie beim Öffnen und Schließen streifte, und Schmidt, dem der König gesagt hatte, wo die Riesin zu finden sei, betrat die Conditorei.

Hansens Leibwache folgte ihm nach. Der Bart des Mannes war furchtbarer denn je zuvor. Darüber seine sturmdunklen Augen, die jedem, der in sie blickte, das Gefühl gaben, alles im Leben falsch gemacht zu haben und nun dafür bezahlen zu müssen.

»Guten Tag, Sie wünschen?«, fragte Jacobs.

»Eure Tochter«, sagte Schmidt schmutzig grinsend.

Jacobs fragte empört: »Was wollet Ihr mit meiner Tochter?«

Die Unterhaltung lockte Betje aus der Backstube. Sie schaute erschrocken von ihrem Vater zu dem elegant gekleideten, aber roh wirkenden Fremden.

»*Ich* will nichts mit ihr«, sagte Schmidt nach einem anerkennenden Blicke auf Betje. »Aber der König.«

»Ich verstehe nicht. Erkläret Euch!«, verlangte Jacobs und stellte sich vor seine Tochter.

»Ihr müsset nicht verstehen. Bloß gehorchen.«

»Den *duivel* werde ich tun!«, rief Gerd Jacobs, kam hinter seinem Tresen hervor und zeigte zur Tür: »Verschwindet aus meinem Laden!«

Hansens Leibwache machte einen Schritt auf Jacobs zu und versetzte ihm einen beinahe freundschaftlichen Faustschlag in die Magengrube. Der Conditor ging lautlos zu Boden.

»*Vader!*«, rief Betje und kniete zu ihm nieder.

Jacobs schnappte erfolglos nach Luft.

»Was wollet Ihr von uns!«, schrie Betje und blitzte Schmidt wütend an.

»Du sollest dem Könige ein Kind schenken«, lächelte Schmidt kalt.

Betje öffnete den Mund, um etwas zu sagen, und ließ ihn, da ihr nichts einfiel, offenstehen. Sie erhob sich langsam und stierte Schmidt bestürzt an. Was dieser gesagt hatte, war an sich schon eigen, doch es war auch jedermann bekannt, dass der König sich keine Maitressen hielt, sondern ausschließlich mit Sophie Dorothea zu verkehren pflegte. Und selbst wenn er, aus welchen Gründen auch immer, von dieser Gewohnheit abgerückt sein sollte – mit einer einfachen Frau aus dem Volke würde er sich wohl kaum einlassen.

Schmidt erneuerte die Aufforderung, mit ihm mitzugehen. Betje machte allerdings keinerlei Anstalten zu willfahren, sondern fand ihre Sprache wieder und bedachte Schmidt und seinen Begleiter mit deftigen Ausdrücken.

Schmidt packte sie am Arme, was dazu führte, dass sie ihre Fingernägel quer über sein Gesicht zog und ihm den Fuß zwischen die Beine schleuderte. Schmidt gab einen erstickten Laut von sich und blieb gekrümmt stehen.

Hansens Leibwache griff ein und begann, Betjes Vater, der sich wieder halbwegs aufgerappelt, gemütlich in die Rippen und den Bauch zu treten, wobei er Betje, die nun wie ein Schafbock auf ihn einrannte, mit einem Arme comfortabel von sich hielt.

Schließlich gab Betje auf, um ihrem geschundenen Vater weiteres Leid zu ersparen, und stieg in die bereitstehende Kutsche. Schmidt kletterte umständlich hinterher, eine Hand auf dem Scrotum.

In Wusterhausen wurde die schöne große Conditorstochter vier Grenadieren übergeben und zum Könige geführt, der Schmidt lobte und bezahlte.

Schmidt bedankte sich, machte einen Kratzfuß, verbeugte sich und verließ das Schloss. Draußen nahm ihm Hansens Leibwache wortlos die Löhnung ab.

Friedrich Wilhelm begrüßte Betje, betrachtete sie ein paar Augenblicke lang und sprach gutgelaunt zu Stahl, der neben ihm stand: »Das gibt bestimmt schöne Kerrels!«

Die Aussicht darauf, alsbald mit diesem seltsamen kleinen Manne den Akt vollziehen zu müssen, brachte Betje nahezu um den Verstand.

Doch dann ordnete der König die Grenadiere an, Betje *zu ihm* zu bringen. Er komme gleich nach.

Während Betje aus dem Raume und die Wendeltreppe hoch begleitet wurde, überlegte sie, dass sie sich allem Anscheine nach nicht zum Könige ins Bett würde legen müssen, sondern zu einem anderen – *ihm*.

Wem?

Gerlach saß gebadet und glattrasiert in einer hübsch hergerichteten Kammer des Jagdschlosses auf einem Stuhle und wartete.

Am Abend zuvor hatte man ihn an die Tafel des Königes geladen, wo er den besten Rheinwein zu trinken bekam und von Friedrich Wilhelm erfuhr, dass ihm ein besonderer Auftrag erteilt werden würde. Es gehe um Preußens Zukunft, und ihn, den tapferen Grenadier Gerlach, habe man dafür auserwählt, denn nur er sei in der Lage, diese Mission zu erfüllen.

Diese Worte brachten Gerlachs vielfach gespaltenes Gemüt sieghaft zurück auf die Seite des Königlichen und Staatlichen, wo er sich zwar noch immer nicht so heimisch fühlte wie im Kornfelde und auf dem Melkschemel, aber dafür wertvoll und geachtet. An welchem Menschen hing schon das Geschick eines ganzen Landes?

Was auch immer damit gemeint war.

Das große, frischbezogene Bett und die Blumengebinde im Raume erteilten ihm jedenfalls keinen eindeutigen Hinweis.

Die Tür ging auf.

Gerlach erhob sich und glättete seinen Uniformrock, während die Grenadiere Betje in den Raum stießen.

Die ängstliche Anspannung, die sie gequält, seit Schmidt die Conditorei betreten, wich auf einen Schlag einer freudigen Form davon.

Der schöne Fremde!

Auch Gerlachs Herz tat Sprünge weit in den Himmel hinauf. Aber was hatte die Conditorstochter hier im Schlosse verloren?

Die beiden riesigen Menschen sahen einander schüchtern und zärtlich an und weideten sich einen kurzen Moment lang erneut an den heiligen Dingen, die sie in den Augen des anderen erahnten. Wobei Betje dank Schmidt eine recht deutliche Vorstellung davon erhalten hatte.

Der König betrat die Kammer, und die Grenadiere und Gerlach strafften sich. Mit Friedrich Wilhelm waren der Leibmedicus Stahl und der Regimentspfarrer Michael Roloff gekommen.

»Ausgezeichnet!«, rief der König. »Stahl, erkläret ihnen die Aufgabe!«

»Gern, Euer Majestät«, sagte Stahl und richtete sein Wort an Betje und Gerlach: »Bestimmt habet Ihr auch schon erkannt, dass gewisse körperliche Eigenschaften der Eltern auch in den Kindern zu fin—«

»Kommet zur Sache«, unterbrach der König.

»Sehr wohl, Euer Majestät«, sagte Stahl. »Also, Ihr seid beide großgewachsen und sollet nun copulieren, damit Ihr ein großes Kind bekommet.«

Gerlach starrte Stahl an, während Betje zu Boden sah.

»Einen kleinen langen Kerrel«, sagte der König und lachte. Dann sprach er leise: »Ihr seid das erste Zuchtpaar des preußischen Reiches.«

Es herrschte eine merkwürdige Stimmung im Raume.

Der König war vollkommen ergriffen von der Tatsache, dass unter seinem Commando eine Gigantenrasse erschaffen würde, während die jungfräuliche Betje aufgeregt den nahenden Ereignissen entgegenblickte und Gerlach noch immer nicht restlos zu verstehen schien, was genau von ihm verlangt wurde.

»Der Regimentspfarrer wird Euch nun trauen«, sagte der König.

Roloff trat lächelnd mit einem sanften Schritte vor.

Betje und Gerlach schenkten einander einen ebenso verstörten wie beglückten Blick.

Ihre Schwüre vor dem Pfarrer wirkten auf den König lauter und honett; als müssten sie sich nicht einer Ordre beugen, sondern würden gar Gefallen an diesem Ereignisse finden.

Friedrich Wilhelm freute sich darüber sehr, denn er war es allmählich leid, den Menschen unentwegt sein Trachten einschärfen zu müssen.

## Das neun und dreißigste Capitel

## Worin der König den Franzosen die elsässischen Gebiete wieder entreißen will

Einige Zeit später, das Riesenpaar ging noch immer seiner Aufgabe nach, wobei Betje sich alles andere als ungeschickt zeigte, saß Friedrich Wilhelm am Schreibtische in seinem Wusterhausener Arbeitszimmer und ließ nach Creutz rufen.

Wo die französischen Zwillinge blieben, fragte er.

Creutz sagte nichts.

Wo die Zwillinge blieben, wiederholte der König, wieso sie noch nicht gekommen seien. Er warte seit vierundzwanzig Tagen.

Neunundzwanzig, sagte Creutz.

Warum es so lange gehe, fragte der König.

Der Duc habe doch versprochen, die Riesen binnen dreier Wochen zu liefern.

Er griff nach dem letzten, noch immer nach Lavendel duftenden Brief aus Paris und hielt ihn in die Höhe wie einen Gerichtsbeschluss.

Creutz schwieg.

Vielleicht seien die beiden Riesen ja verstorben, flüsterte Friedrich Wilhelm, und die eitlen Franzosen hätten nicht den Mut, es zu sagen.

Er legte den Brief hin.

Creutz schwieg.

Er solle verdammt noch einmal reden, rief der König.

Creutz antwortete, die Riesenzwillinge hätten augenscheinlich nie existieret. Es tue ihm leid, dies zu sagen, aber man sei ohne Zweifel getäuschet worden.

Nun schwieg Friedrich Wilhelm.

Dann rief er, man müsse das Geld zurückfordern.

Das habe er schon getan, sagte Creutz, schon lange und auch wiederholt. Doch Paris reagiere nicht.

Friedrich Wilhelm erhob sich und brüllte mit gereckten Fäusten, *man müsse den verfluchten Franzosen den Krieg erklären! Sich mit dem Duc auf schwere Säbel duellieren! Oder ihn gleich aufhängen! Paris niederbrennen und all die Zieraffen dorten gleich mit! Und auf dem Rückwege für den Kaiser die elsässischen Gebiete zurückerobern!*

Creutz gab zu bedenken, das sei gefährlich und am Ende, selbst im Falle eines Sieges, noch viel teurer.

Stimmt, sagte Friedrich Wilhelm und ließ sich zurück auf seinen Stuhl sinken.

Er wirkte schwerer denn je.

»Welches Datum haben wir, Creutz?«, fragte der König.

»Es ist der vierzehnte November, Euer Majestät.«

»Wir fahren zurück nach Potsdam.«

»Sehr wohl, Euer Majestät.«

Der Secretair wandte sich zur Tür.

»Creutz?«

»Majestät?«

»Wie viele?«

»Wie viele was?«

»Tiere.«

»Einen Moment bitte, Euer Majestät«, sagte Creutz, verließ den Raum und kam mit einem Papiere zurück, von dem er las: »Seit Eurer Ankunft hier in Wusterhausen sind es … eintausendeinhundertachtundvierzig Rebhühner, siebenhundertsiebenzehn Wildsauen und neunundvierzig Damhirsche, Euer Majestät.«

Die Jagdstatistik vermochte den König ein wenig zu besänftigen.

## Das vierzigste Capitel

### Worin eine holländische Jacht und ein Cabinett aus Bernstein den Besitzer wechseln

Czar Peter entschied sich, den Überfall auf Schweden zu verschieben. Die südliche Halbinsel Falsterbo war zu stark befestigt worden, ebenso die Küstenstädte Karlskrona und Malmö. Und die beiden Alliierten Russlands, Dänemark und England, schienen auch nicht mehr recht mitmachen zu wollen.

Zwei Garderegimenter, fünfzehn Infanterieregimenter, neun Cavallerieregimenter und einundzwanzig Kriegsschiffe wurden also nach Russland zurückverlegt, und der Czar schickte sich an, mit seinem Trosse aus Leibgardisten, Quartiermachern, Dolmetschern, Secretairen, Priestern, Kirchensängern und seinem Hofzwerge nach Paris zu reisen, um Philippe d'Orléans davon zu überzeugen, die Unterstützung Schwedens einzustellen und sich mit Russland zu verbünden.

Bevor er aus Kjøbenhavn abreiste, vor dessen Mauern er mit seinen Truppen campiert hatte, schrieb er an Friedrich Wilhelm, er sei in diplomatischer Mission auf dem Wege nach Frankreich, gedenke über Mecklenburg und Amsterdam zu fahren und werde vermutlich am dreiundzwanzigsten November in Havelberg Station machen, wo er Seine

Majestät Friedrich Wilhelm treffen möchte, um zu besprechen, wie man gemeinsam gegen die Schweden vorgehen könnte.

Nachdem er das Eilschreiben erhalten, erhob sich der König unverzüglich nach seiner Residenz im zwölf kulmische Meilen entfernten Havelberg.

Am zweiten Tage der Reise besprach er mit Creutz, was man dem Czaren alles schenken könnte. Genaugenommen besprach er die Angelegenheit für sich selbst; Creutz besah bloß deprimiert das Document, auf dem aufgeführt war, was der König seinem Freund Peter dieses Mal zum Geschenke machen wollte, im Wissen darum, dass dieser ihm dafür, wie immer, einige Moscowiter Riesen überlassen würde. Schweden war dem Könige eigentlich gleichgültig.

»Was haben wir noch?«, fragte er händereibend.

»Nichts weiter von Bedeutung«, log Creutz und legte sein Schreibbrett mit der Liste neben sich auf die Sitzbank der Kutsche.

Der König hob die Brauen: »Und was ist mit der Jacht meines Herrn Vater?«

»Welche Jacht?«, fragte Creutz, sein Tintenfässchen verschließend.

Er wusste genau, welche Jacht.

»Ihr wisset genau, welche Jacht. Die im Neptunteiche vor dem Schlosse.«

»Ach, die *Liburnica*… nun, die ist schon sehr alt. Die kann man nicht mehr verschenken. Es wäre eine Beleidigung.«

»Alt?«

»Sehr. Sie hat zudem Schlagseite.«

Es entstand eine Pause.

»Soweit ich erinnere«, sagte der König, »hat mein Herr Vater sie erst anno siebenzehnhundertundvier von den Holländern gelieferet bekommen.«

»Ach, erst?«, fragte Creutz ironisch, schlug die Beine übereinander und sah aus dem Kutschenfenster. Felder und Wäldchen und wilde Wiesen wechselten einander darin ab.

»Ja«, sagte Friedrich Wilhelm.

»Interessant.«

»Schlagseite hatte sie auch nicht, als ich sie das letzte Mal sah.«

»Wenn Euer Majestät meinen«, sagte Creutz trocken.

»Mein lieber Creutz«, sagte der König, »warum stellet Ihr Euch so an? Es ist doch bloß ein alberner Kahn.«

Creutz atmete heftig ein und aus und rief: »Der alberne Kahn, wie Euer Majestät sich auszudrücken belieben, hat Euren Herrn Vater hunderttausend Thaler gekostet! *Hunderttausend Reichsthaler!* Und Ihr wollet das Schiff einfach weggeben!«

Die Kutsche schaukelte auf und ab, so sehr regte er sich auf. Die sechs Riesen, die neben ihr herliefen, schauten einander irritiert an.

»Creutz, itzo höret mir einmal zu«, entgegnete Friedrich Wilhelm im Wageninneren ruhig, während Creutz wütend vor sich hinstarrte, »mich interessieret dieses Schiff nicht. Es ist kein Schiff für den Krieg, sondern eines zum reinen Plaisir. Mich interessieret das Plaisir aber nicht, damit machet man keinen Staat. Mich interessieret meine Armee, diese ist mein Plaisir, und wenn ich für dieses Schiff fünfzig große

Moscowiter bekommen kann, so ist das für mich ein gelungener Handel und auch eine Wiedergutmachung für die Zahlung an die verdammten Franzmänner. Wir werden die Jacht dahero dem Czaren zum Donative überlassen.«

Creutz machte ärgerliche Geräusche, knallte sich das Schreibbrett wieder auf den Schoß, riss das Tintenfässchen auf, rammte den Federkiel hinein und ritzte die Jacht auf die Liste der Geschenke.

Dann merkte er an, fünfzig Moscowiter seien zu wenig, man würde besser hundert verlangen.

Friedrich Wilhelm brummte: »Jaja, von mir aus, hundert.«

Er dachte: *Ich nehme auch bloß einen einzigen Moscowiter für die Scheißjacht.*

Ein schäbiges Dorf zog vorbei.

Einige alte Weiber glotzten das teure, von Riesen begleitete Gefährt an, und vor einem Hofe fütterte ein Bauer mit müden, gleichförmigen Bewegungen seine Schweine.

Der König zog den Proviantkorb zu sich, in dem ein Haufen geschnittener Rinderzungen lag.

»Habet Ihr auch Hunger?«, fragte er Creutz.

»Nein. Danke.«

Friedrich Wilhelm nahm ein Stück Zunge und biss hinein.

»Also«, sagte er mit vollem Munde, »wegen der Geschenke …«

Creutz schwieg.

»…wir haben doch in Berlin diesen Krempel in der Rüstkammer, den mein Herr Vater irgendwo aufgehänget hatte …«

Creutz überlegte und riss dann die Augen auf: »Majestät!«

Friedrich Wilhelm schluckte herunter, griff in den Korb und entnahm ihm ein weiteres Stück Fleisch: »... wie nannte er den Raum doch gleich ... etwas mit Bernstein ...«

Er schnippte die Finger beim Reden.

Creutz erhob beide Hände und flehte: »Bitte, Euer Majestät! Nicht das Bernsteinca—«

»Das Bernsteincabinett, genau. Danke.« Friedrich Wilhelm biss schwungvoll in die Zunge.

Creutz starrte seinen Gebieter fassungslos an.

Das Cabinett mit seinen Tafeln aus weißem und gelbem Bernstein, aufwendig verziert mit Basreliefs und Festons, war zwar unvollendet eingelagert worden, aber von unermesslichem Werte.

»Dafür gebet der Czar sicher noch ein paar Moscowiter dazu«, überlegte Friedrich Wilhelm.

»Euer Majestät«, keuchte Creutz, »das ist ungeheuerlich, ich —«

»Der Czar wird die Jacht bekommen und das Cabinett und die Kleinodien, die Ihr aufgeschrieben. Ich brauche das alles nicht. Ich brauche Riesen!«, entschied Friedrich Wilhelm fröhlich kauend, klatschte in die Hände und schluckte die Zunge herunter.

Creutz suchte nach Worten. Schließlich fand er welche und rief, er wolle das nicht mehr mitmachen, könne es nicht mehr mitmachen und mache es auch nicht mehr mit.

Friedrich Wilhelm betrachtete ihn amüsiert.

Creutz ergriff ein Papier und schrieb hektisch etwas darauf.

»Was ist das?«, fragte der König, als er es entgegennahm.

»Meine Decharge«, sagte Creutz atemlos.

»Abgelehnt!«, lachte der König und ließ das Document zurücksegeln.

»Ich weigere mich, weiter für Euch zu arbeiten«, rief Creutz, hob das Papier vom Boden auf und streckte es dem Könige neuerdings hin.

»Machet Euch nicht lächerlich«, sagte der König, »wo wollet Ihr auch hin? Zu einem anderen Königshause in Preußen?«

Er lachte laut und lange über seinen Scherz und sagte schließlich nach einem Blicke aus dem Fenster: »Wir sind da.«

Die Kutsche hielt an. Der König rieb sich kichernd mit dem Handballen ein paar Lachtränen aus dem rechten Auge und stieg aus.

Creutz, immer noch seine Kündigung vor sich hinhaltend, ließ den Arm sinken.


Am nächsten Morgen stellten sich hundert Grenadiere in zwei Reihen vor der Havelberger Residenz des Königes auf.

Zehn Canonen feuerten Salut, als der Czar eintraf.

»Friedrich Wilhelm!«, rief Peter mit offenen Armen und kam auf den König zu.

»Peter!«, rief Friedrich Wilhelm.

Sie umarmten einander.

Peter musste sich weit hinunterbeugen zu Friedrich Wilhelm, der wieder einmal überlegte, wie er den Czaren in seine Leibcompagnie stecken könnte. Es würde, zu diesem Schlusse gelangte er auch heute, nicht ohne Krieg gehen.

Peter löste sich aus der Umarmung, richtete sich wieder auf und rief einige laute Wörter, indem er mit der flachen

Hand auf seinen Bauch schlug und sich dann die Hände rieb.

Der Dolmetscher übersetzte für Friedrich Wilhelm: »Essen und Geschäfte – in dieser Ordnung.«

Friedrich Wilhelm lachte höflich. Er hätte lieber zuerst die Geschäfte gemacht.

Der hungrige Czar, der bereits ins Innere der Residenz eilte, war mit viel Gefolge angereist. Eine Schar junger Frauen war darunter; die meisten trugen ein Kind im Arme; manche waren neugeboren, andere bestimmt schon drei Jahre alt.

»Warum haben die alle ein Kind dabei?«, fragte der König.

Der Dolmetscher übersetzte es für den russischen Secretair. Der winkte eine der Frauen heran, zeigte auf ihr Kind und fragte sie etwas.

Sie gab lachend Antwort.

»Sie saget, Seine Czarische Majestät habe ihr die Ehre gegeben«, sagte der Dolmetscher.

Der König besah verwundert die Müttermasse und deutete mit dem Finger von links nach rechts und wieder nach links: »Das sind wirklich alles Nachkommen des Czaren?«

Auf die Übersetzung durch den Dolmetscher donnerte der Secretair etwas, das wie eine Drohung klang.

»Seine Czarische Majestät sei ein starker Mann, saget der Secretair.«

Irgendwo im Innern in der königlichen Residenz jauchzte eine Frau auf.

Der Dolmetscher und der Secretair schenkten einander einen raschen Blick.

»Gehen wir«, sagte Friedrich Wilhelm.

In der Hoffnung, der Czar habe möglicherweise schon einige riesige Moscowiter mitgenommen und irgendwo untergebracht, sah der König in mehreren Räumen nach.

»Wir haben das Schiff ja auch nicht eingepacket«, mokierte sich Creutz, der plötzlich hinter ihm stand.

»Was, wovon sprechet Ihr?«, fragte der König, drehte sich um und zog rasch die Tür eines Saales zu.

»Schon gut. Suchet nur weiter. Aber wir wollen bald essen«, sagte Creutz und zog von dannen.

Nachdem die Teller abgeräumt und die Schnapsgläser aufgetischt worden waren, sprach der Czar über seinen Wunsch, mit Preußen eine Allianz gegen die Schweden einzugehen sowie einen Commercien-Tractat abzuschließen, um über eine noch zu gründende Handelsgesellschaft die russische Armee mit preußischem Militairtuche zu versorgen.

Der König hörte kaum zu, obwohl die Vorschläge für ihn vorteilhaft waren; er wollte endlich seine Geschenke loswerden und wissen, wie viele Riesen er dafür bekommen würde.

Während der russische Dolmetscher erklärte, wie der Czar sich das Geschäft mit den Tuchen vorstelle, und Creutz auf bestem Wege war, opportune Conditionen auszuhandeln, unterbrach ihn der König, nachdem er lange auf seinem Stuhle herumgerutscht war: »Wir haben Donative für Euer Czarische Majestät!«

Alle sahen den König an, bloß der russische Dolmetscher blickte fragend zu Creutz. Der zuckte schwach mit den Schultern, worauf der Czar und sein Translateur sich kurz unterhielten.

»Was reden sie, Creutz?« fragte Friedrich Wilhelm leise.

»Ich weiß es nicht, ich verstehe kein Russisch«, sagte Creutz kühl. »Womöglich will der Czar bessere Conditionen.«

»Conditionen wofür? Für die Riesen?«

»Für den Commercien-Tractat.«

»Welchen Commercien-Tractat?«

Creutz stützte den rechten Ellbogen auf den Tisch, legte seine Stirn in die Hand, schloss die Augen und atmete langsam aus. »Den Tractat, den der Czar mit uns errichten will«, sagte er, seine Pose nicht verändernd. »Wir reden seit einer Stunde davon.«

»Ah, richtig, richtig«, flüsterte der König.

Der Czar ließ über seinen Dolmetscher ausrichten, man könne die Verhandlungen gern aussetzen und den Austausch der Geschenke vorziehen. Er habe einige große Moscowiter für den König einsammeln lassen.

»Große Moscowiter!«, rief Friedrich Wilhelm erregt.

»Hundertfünfzig Mann«, sagte der Dolmetscher.

»Hundertfünfzig! Großartig!«, rief der König aus. »Creutz! Habet Ihr gehöret!«

Creutz schaute zur anderen Seite.

Der Dolmetscher fragte, was der König Seiner Czarischen Majestät zum Geschenke mache.

Friedrich Wilhelm sagte, Seine Czarische Majestät erhalte zum Donative eine Jacht und das Bernsteincabinett aus Berlin sowie einige kleinere Kostbarkeiten.

Der Dolmetscher nickte und übersetzte es.

Peter freute sich sehr, vor allem über das Cabinett. Er habe, ließ er seinen Dolmetscher mitteilen, schon viel von

dem Bernsteinwunder gehört, und bei einem derart groß-
zügigen Geschenke werde er zusätzlich jedes Jahr einhun-
dert weitere Moscowiter nach Berlin senden.

Friedrich Wilhelm stieß einen Schrei der Freude aus.

Peter stellte eine kurze Frage.

Ob man itzo wieder über das Bündnis und den Tractat
sprechen könne, fragte sein Dolmetscher.

Creutz gab einen Laut von sich wie ein alter Mann, der
sich nach schwerer Krankheit zum ersten Male wieder von
seinem Lager erhebt, ergriff müde seinen Federkiel und
sprach: »Ja, bitte.«

*Das ein und vierzigste Capitel*

*Worin die Prinzessin sich beklaget und der Cronprinz neue Hoffnung schöpfet*

Der Czar reiste weiter nach Paris, wovor ihn der König mit derben Worten zu warnen versuchte. Er selbst fuhr zurück nach Potsdam, um sich wieder der Umsorgung seines Zuchtpaares widmen zu können.

Betje und Gerlach erhielten eigens für sie zubereitete, gesunde Mahlzeiten, wobei Stahl und der König eine längere Diskussion über die Bedeutung des Wortes *gesund* führten, und die Wäsche ihres großen Bettes wurde täglich gewechselt. Im Übrigen zahlte ihnen der König eine großzügige Löhnung und hatte ihnen einen Pagen zugewiesen sowie eine Amme, die auf Anzeichen einer Schwangerschaft zu achten hatte.

Prinzessin Wilhelmine beschwerte sich eingehend darüber, dass den beiden Straßenkötern, wie sie sich ausdrückte, eine bessere Behandlung zuteilkam als ihr, während Cronprinz Friedrich sich die Aussicht auf einen Riesen im Kleinformate gestattete, mit dem er bald im Walde würde Fangen spielen können und irgendwann bestimmt auch zweistimmig die Flûte.

Um das Gedeihen des Kindes zu begünstigen, beauftragte der König die bekanntermaßen abergläubische Kammerfrau seiner Gemahlin, hierzu ihre Empfehlungen abzugeben. Die Dienerin freute sich und sprach, das Kind müsse nach der Geburt rasch getaufet werden, denn die Hexen holten kleine ungetaufte Kinder und brächten an dero statt Wechselbälger, die nur sieben Jahre alt würden, und man solle den ersten Zahn, der dem Kinde ausfallen werde, zerklopfen und ihm zu essen geben, so bekomme es kein Zahnloch.

So redete sie den ganzen Tag, und niemand konnte sich das alles merken.

Betje bat den König darum, ihre Eltern besuchen zu dürfen.

»Das gehet itzo nicht«, sagte der König, »es gibt wichtigere Dinge zu erledigen.«

Aber ihre Eltern müssten doch wissen, wo sie sei, sagte Betje verzweifelt.

Das wüssten sie, sagte der König, er habe es ihnen mitteilen lassen.

Betje erschrak und fragte, ob ihre Eltern denn auch wüssten, *warum* sie hier sei.

Natürlich, sagte der König, ihre Eltern wie auch das übrige Volk wüssten dies; er sei ausgesprochen stolz, ein Zuchtpaar zu beschäftigen, und habe alle Berliner Geschriebenen Zeitungen zu einer Conferenz eingeladen, um sie darüber zu unterrichten.

Betje hörte sich dies mit aufgerissenen Augen an und bat schließlich darum, ihren Eltern einen Brief schreiben zu dürfen.

Der König gewährte es und schickte Creutz zum Dictate.
Doch der Conditor Jacobs schrieb nicht zurück.

Eines Morgens musste sich Betje übergeben und dann gleich
noch einmal.

Die Amme rannte zum Könige: Die Riesin sei in Erwartung!

Der König ließ die Neunpfünder abfeuern und rief
lachend, von solchem Caliber werde auch das Kind sein.

## Das zwei und vierzigste Capitel

### Worin Schmidt sich genötiget siehet, in eine kleinere Wohnung umzuziehen

Nach seinem Anfangserfolge versuchte Schmidt, dem Könige weitere große Frauenzimmer zu verkaufen. Doch erstens waren die noch seltener als große Männer, und zweitens war der König so sehr vernarrt in Betje und Gerlach und vor allem in die Vorstellung dessen, was sich aus ihrer Vereinigung ergeben würde, dass er Schmidts Vorschlag, einen ganzen Riesenzuchthof einzurichten, nichts abgewinnen konnte.

Auch an männlichen Riesen zeigte er sich nach seiner Erfahrung mit den französischen Zwillingen, deren Ankunft er trotz allem immer noch erwartete, nicht interessiert, zumal demnächst die hundertfünfzig Moscowiter eintreffen würden.

Schmidts Aussicht, dass er seine Schuld bei Hansen jemals würde tilgen können, schien hinter dem Gesichtskreise zu verdämmern.

Seine letzten Geldreserven schwanden. Er gab seine Wohnung auf, verkaufte seine Habe und zog in eine dunkle und verdreckte Absteige oberhalb eines Bordelles.

Doch er blieb Hansen noch immer über achttausend Thaler schuldig.

Eines Abends im Dezember siebzehnhundertsechzehn erschien Hansen, angetan mit einem feinen Mantel aus Bärenfell, in Schmidts winzig kleinem Zimmer, das von einem Meere von Kriechtieren geflutet war, und fragte diesen, wie immer sehr freundlich, wie und in welchem Zeitraume er gedenke, seine Ausstände zu begleichen.

Schmidt, der angefangen hatte zu trinken, stellte sein Schnapsglas auf einem Stuhle ab und sagte mit breiten Armen, es tue ihm leid, der König wolle derzeit keine Riesen kaufen; er sei erst kürzlich betrogen worden und warte zudem auf eine größere Lieferung aus Russland.

Das sei denkbar ungünstig, lächelte Hansen, wo Riesen doch die einzige Ware seien, die Schmidt im Angebote habe.

Schmidt schwieg lange. Dann bot er Hansen mit verzweifelter Stimme an, für ihn zu stehlen.

Hansen lachte und drehte sich zu seiner Leibwache um, die irgendwie auch Platz gefunden hatte in dem Zimmerchen, doch der Mann zeigte wie immer keinerlei Regung. Hansen schüttelte den Kopf über dessen Humorlosigkeit, wandte sich wieder Schmidt zu und sagte ihm, er habe mit diebischen Vorgängen nichts mehr zu tun, er handele exclusiv mit Informationen. Und er hätte itzo gern sein Geld.

Schmidt setzte sich matt auf sein Bett, sofern das mit einem alten Strohsacke bedeckte Holzgestell diesen Namen überhaupt verdiente, und vergrub sein Gesicht in den Händen.

Hansen weidete sich eine Weile an diesem Anblicke und fragte dann: »Nun, Monsieur Schmidt, wie bringet Ihr Euch aus dieser misslichen Lage?«

»Ich weiß es nicht«, flüsterte Schmidt.

»Aber ich«, sagte Hansen fröhlich.

Schmidt sah zu ihm hoch.

»Ich habe eine Idee. Aber wir müssen den richtigen Moment abwarten. Wenn der König itzo keine Riesen kaufen will, ist die Zeit nicht reif. Habet Ihr noch Geld?«

»Wenig.«

Hansen sah zu seiner Leibwache, die in ihre Umhängetasche griff und einen Leinenbeutel auf Schmidts Bett warf.

»Hundert Thaler«, sagte Hansen. »Natürlich nicht zinsfrei. Factisch liegen hundertzwanzig da drin.«

Er lachte.

Schmidt besah den Beutel.

»Damit Ihr mir noch etwas erhalten bleibet«, fügte Hansen an.

## Das drei und vierzigste Capitel

### Worin es die Berliner Juden abwenden können, rote Hüte zu tragen

Jacob Paul von Gundling und seine Verlobte Anne de Larray spazierten vom Kieler Schlosse zur Nicolaikirche. Einzelne Schneeflocken sausten um die Häuser herum und in die Gesichter der Menschen hinein.

Gundling hatte Schmerzen, die von einem schweren Magengeschwüre herrührten, und gab beim Gehen immer wieder gepresste Laute von sich. Anne sah ihn besorgt an.

»Was hast du, Jacob?«, fragte sie.

»Nichts.«

»Sag nicht *nichts,* ich sehe es doch.«

»Schau, da vorn gibt es Lebkuchen. Magst du etwas Lebku —«

Er gab neuerdings einen Schmerzenslaut von sich.

»Jacob! Was ist mit dir!«

»Es ist … mein Magen.«

»Du trinkest auch so viel.«

»Ach, das Gläschen Wein am Abend …«

»Wenn es *eines* wäre, würde ich nichts sagen.«

»Vielleicht mal zwei.«

»Was ist denn mit deinem Magen?«

»Er schmerzet. Komm, gehen wir in diese Schenke.«

Nachdem Anne einen Tee bekommen hatte und Gundling einen Humpen Bier, fragte sie weiter: »Hast du Sorgen?«

»Alles in Ordnung, meine Liebe. Sag, gefället dir unsere Reise?«

»Nein.«

Anne blies in ihre Teetasse.

»Warum nicht?«

»Es ist kalt und langweilig. Ich möchte heim nach Berlin. Und ich möchte, dass es dir gutgehet.«

»Es gehet mir ausgezeichnet.«


Gundlings Geld würde nicht mehr weit reichen, und sein Schauspiel gegenüber seiner Verlobten erst recht nicht. Früher oder später würde er zurückkehren müssen, an den Ort, wo neues Geld winkte und neues Ungemach. Eher früher. Allein der Gedanke daran verursachte ihm noch mehr Bauchschmerzen.

Er leerte sein Bier, bestellte ein weiteres, zusammen mit einem Glase Schnaps, und trank beides unter den Blicken von Anne de Larray, die eher traurig waren als vorwurfsvoll.


Friedrich Wilhelm hatte vernommen, dass Gundling durch die nördlichen teutschen Fürsten- und Herzogtümer irre und es ihm schlechtgehe; seelisch, vor allem aber körperlich. Er ließ für den Professor deshalb einen geschmackvollen Sarg anfertigen, ein schwarz angemaltes Weinfass.

Die Freude über diesen Scherz hielt jedoch nicht lange, und überhaupt langweilte sich Friedrich Wilhelm gehörig ohne seinen Hofnarren Gundling. Er erließ deshalb eine

Verordnung an die Berliner Juden, oder besser gegen sie: Ab dem ersten Januar siebenzehnhundertsiebenzehn hätten sie rote Hüte zu tragen.

Der Rabbiner der Berliner Juden, ein alter Mann mit jungen Augen, sprach in dieser Sache beim Könige vor.

»Euer Majestät, ich möchte mich mit Euch über die Hüte unterhalten, die zu tragen Ihr uns befohlen«, sagte er.

»Ja! Die sind lustig!« Friedrich Wilhelm ließ fröhlich die Faust auf den Tisch krachen.

»Die Mitglieder meiner Gemeinde sind da anderer Ansicht, Euer Majestät.«

»Aha?«

»Ja. Wir tragen bereits eine Kopfbedeckung.«

»Es wäre aber gut, Ihr würdet rote Hüte tragen«, sagte der König, während er mit unverhohlenem Ekel des Rabbiners Kippa besah.

»Weshalb?«, fragte dieser.

»Dann erkennet man Euch!« Friedrich Wilhelms Augen blitzten hart.

»Als Juden, meinet Ihr?«

»Ja.«

»Und aus welchem Grunde wäre dies erstrebenswert?«

»Damit man weiß, mit wem man es zu tun hat.«

»Im Sinne einer Warnung?«

Friedrich Wilhelm nickte anerkennend, weil der Rabbiner seine Idee auf Anhieb verstanden.

»Wovor muss denn gewarnet werden?«

»Na, vor Eurem Charakter!«

»Vor meinem?«

»Vor Eurem! Mehrzahl!«

»Dem der Berliner Juden?«

»Dem *aller* Juden!«

»Die Juden haben alle den gleichen Charakter?«

»Ja.«

»Das wusste ich nicht. Und warum muss man vor ihm warnen?«

»Weil er schlecht ist.«

»Die Juden haben alle den gleichen schlechten Charakter?«

»Jawohl«, nickte der König.

»Darf ich fragen, woran sich dies zeiget?«

»Ihr seid die Mörder Christi! Ihr habet den Heiland gegeißelt!«

»*Ihr…* wieder Plural, wie ich annehme?«

»Natürlich!«

»Nun, wenn Euer Majestät gestatten, war Jesus, soviel ich weiß, selbst Jude, und getötet haben ihn die Römer, auf Befehl des Präfecten Pontius Pila—«

Friedrich Wilhelm schoss empor wie die Fontäne eines Wasserspieles, zeigte mit bebendem Finger auf den Rabbiner und schrie: *»Nur der Jud ist fähig, die Geschichte des heiligen Christentumes so zu verdrehen!«*

»Also gut«, sprach der Rabbiner mit müde erhobener Hand; es war nicht sein erster gescheiterter Versuch, Behauptungen dieser Art aus der Welt zu schaffen, »also gut. Die roten Hüte wären in diesem Falle so etwas wie eine Strafe?«

»Jawohl«, sagte der König und setzte sich wieder.

»Sehen Euer Majestät eine andere Möglichkeit zur Sühne?«

234

Friedrich Wilhelm überlegte.

»Zahlet in die Recroutenkasse ein«, sagte er und ordnete einige Gegenstände auf seinem Schreibtische.

»Wie viel?«

»Achttausend Thaler.«

Der Rabbiner hob die Augenbrauen.

»Achttausend Thaler …«, wiederholte er.

»Achttausend Thaler«, nickte der König und ärgerte sich auch gleich, weil er so wenig verlangt hatte.

»Denken Euer Majestät, es wäre möglich, ein Schreiben zu erstellen, auf dem diese Abmachung festgehalten wird? Dann gibt es keine Missverständnisse.«

»Warum nicht. Gehet zu Creutz.«

»Ich danke Euch, Euer Majestät.«

Der Rabbiner erhob und verbeugte sich.

Der König regte sich nicht.

*Läppische achttausend Thaler,* dachte Friedrich Wilhelm, nachdem sich die Türen hinter dem Rabbiner geschlossen.

*Haben das Handeln eben schon im Blute, die verdammten Beutelschneider.*

## Das vier und vierzigste Capitel

### Worin ein Kind dem Könige zu Ehren kurzzeitig dessen Namen träget

Einige Zeit später, an einem herrlichen Morgen im Juli, platzte Betjes Fruchtblase.

Der König, dem davon sofort berichtet wurde, rannte, soweit dies einem Manne seiner Körperfülle überhaupt möglich war, in den Korridoren auf und ab und versammelte jedermann vor der Kammer, aus der in immer geringeren Abständen Betjes monumentales Kreißen drang.

Der König ließ den besten Wein aus Tokaj kaltstellen, wovon er mit dem aufgeregten Gerlach schon mal eine Flasche trank, und eine Festmahlzeit auftischen, wofür die Bauern der Umgebung Ochsen, Schweine, Gänse, Enten und Hühner zu stiften hatten.

Die Geburt dauerte lange. Der König war auf einem Sessel eingeschlafen. Schließlich weckte ihn eine Wehmutter.

»Euer Majestät…«, sagte sie, indem sie ihm die Hand sanft auf den Arm legte, »…das Kind ist da.«

Der König gab einen brummenden Laut von sich und brauchte einen Moment, um sich zurechtzufinden. Dann sprang er auf und in die Kammer hinein.

Betje, mit rosigen Wangen und schweißverklebten Haaren, lag im Bette und hielt ein Bündel Tücher im Arme.

Gerlach stand daneben und sah zu Boden. Stahl, der für etwaige Complicationen bereitgestanden hatte, tat so, als suchte er in seiner Ledertasche, aus der metallische und gläserne Geräusche drangen, nach etwas Wichtigem.

»Na, wo ist unser kleiner Riese!«, rief der König fröhlich und trat an Betjes Bett. Die Tücher verbargen, dass das Kind so winzig war wie eine nackte Maus. Bloß sein Gesichtchen war zu sehen. Es erinnerte an einen vergreisten Kobold.

»Ausgezeichnet!«, rief Friedrich Wilhelm. »Ein hübscher Junge! Wie schwer ist er? Wie groß?«

Die Amme betupfte Betjes Stirn concentriert mit einem feuchten Lappen.

»Heda! Wie schwer?«, fragte der König in die Runde.

Die Amme schaute Betje an, Betje schaute Gerlach an, und Gerlach sah die Amme an.

Irgendjemand musste es ihm sagen.


»Fünf Pfund, Euer Majestät«, sagte die Wehmutter schließlich, »und es — «

»Fünf Pfund nur?«, unterbrach der König und ließ die Schultern sinken. »Und wie groß?«

»Einen Fuß und vier Zoll, Euer Majestät«, sagte die Wehmutter.

Gerlachs Hand war fast so breit, wenn er sie spreizte.

»Na, er wird sicher bald wachsen. Wir werden ihm gut zu essen geben!«, machte sich der König Mut.

»Es ist ein Mädchen, Euer Majestät«, sagte Betje endlich. »Sie heißet Friderikje, Euch zu Ehren.«

»*Ein Mä— *«

Es waren die letzten Worte, oder besser Silben, die Friedrich Wilhelm an Betje richtete.

Er ließ ihre Ehe annullieren und verjagte sie, kaum war sie wieder auf den Beinen, vom Hofe, mitsamt dem verfluchten Zwerge, wie er die kleine Friderikje nannte.

Er hatte nicht eine Sekunde lang daran gedacht, dass das Kind auch ein Mädchen werden könnte.

Gerlach, an dessen Manneskraft und Charakter der König schwere Zweifel geäußert, wurde nach Spandow geschafft, wie auch Stahl, dessen Karriere zum zweiten Male ein jähes Ende gefunden, zusammen mit dem Zuchtprogramme.

Betje beschloss, ihrer Tochter einen anderen Namen zu geben, und wählte *Edda*.

Sie suchte ihre Eltern auf, doch ihr Vater fand allzu deutliche Worte für das, was sie in seinen Augen sei und wie er sich bis zu seinem Tode zu ihr zu stellen gedenke.

Er schickte Tochter und Enkelin mit den Worten *»Pak jouw misbaksel en duvel op!«* hinfort und schlug die Tür hinter ihnen zu.

## Das fünf und vierzigste Capitel

### Worin eine africanische Colonie spottwohlfeil verkaufet wird

Der König wandte sich neuerdings der teuren, aber bewährten Methode der Riesenbeschaffung zu; entschlossen, auch die letzten Exemplare der bekannten Welt ausfindig zu machen. Die Jagd auf Riesen sei wieder eröffnet, teilte er eines Abends seinen Gästen im Tabakscollegium mit. Und dieses Mal scheue er keine Kosten!

Creutz murmelte etwas Höhnisches.

Ob denn das Zuchtprogramm keinen Erfolg gebracht habe, wollte Fürst Leopold wissen.

Nein, sagte der König, habe es leider nicht. Der kleine Riese sei zwar gesund und stark und hübsch, aber ...

Er biss in ein Stück Wurst, wischte sich den Schweiß von der Stirn und dachte nach.

... aber das dauere alles viel zu lange. Man könne nicht siebenzehn, achtzehn Jahre lang auf einen einzigen Riesen warten, wenn während dieser Zeit dero zweitausend stürben oder desertierten.

Man nickte, hob die Krüge und leerte sie und schenkte nach und stopfte die Pfeifen und rauchte.

Grumbkow fragte, ob es möglicherweise klug wäre, das Suchgebiet zu vergrößern.

Seckendorff schaute kurz auf.

Der König zog an seiner Pfeife, verschwand für einen Moment hinter einem länglichen Qualmfetzen, hustete und fragte Grumbkow, was er genau meine.

Nun, sagte dieser, vielleicht könnte man zum Behufe der Riesenfahndung die *Brandenburgisch-africanischamericanische Compagnie* wieder in Dienst stellen. Das würde neue, größere Jagdgründe erschließen.

Das sei sinnlos, sagte der König, die BAAC habe keine Schiffe mehr, die Kurbrandenburgische Marine sei vollständig abgewracket.

Herrje, was denn in diesem Falle mit Groß Friedrichsburg geschehe, fragte Grumbkow in vollendet argloser Weise; als würde er sich seine Gedanken erst beim Sprechen machen.

Die Colonie sei bankrott, wie die BAAC auch, sagte Friedrich Wilhelm.

Das sei bedauerlich, sagte Grumbkow, dem als Etatminister diese Dinge durchaus nicht unbekannt waren; wenn die Colonie keinen Nutzen mehr bringe, müsse man sich bei der Suche nach großen Männern wohl auf Europa beschränken.

Seckendorff begann zu ahnen, was Grumbkow, der einige Zeit in Utrecht gelebt, im Schilde führte.

Ja, nickte Friedrich Wilhelm, erhob sich, ging zum Bierfasse hin, füllte seinen Krug und sagte, nachdem er einen Schluck genommen, er habe die maritimen Ambitionen seiner Vorväter sowieso nie verstehen können. Dass sich der Mensch in der Fremde irgendwelche Denkmäler schaffe und dafür eine Menge Geld aufwende, wo dieses doch dringend benötiget werde, um die Probleme der Heimat zu lösen, sei doch eine Narretei.

Grumbkow gab ihm, wie so oft, völlig recht.

Ein paar Wochen später traf Post aus Amsterdam ein, abgesandt von der *Niederländischen Westindien-Compagnie*, bei der einige von Grumbkows alten Studiencollegen tätig waren.

Groß Friedrichsburg – ob man das noch brauche? Es wirke so verlassen. Man habe das kürzlich auf einer Vorbeifahrt am Kap der Drei Spitzen beobachtet.

Wenn der preußische König die Colonie verkaufen wolle, so möchte die WIC ihm dafür anbieten: siebentausendzweihundert Reichsthaler und zwölf Mohren.

Friedrich Wilhelms Augen entflammten wie ein von einer Granate getroffener Heuschober, als er das Wort *Mohren* las. Er besaß noch keine.

»Das machen wir! Das machen wir!«, rief er und reckte das Document.

Creutz gab sich nicht die Mühe, den König auf die schreiende Unverschämtheit des Angebotes aufmerksam zu machen oder ihn gar umzustimmen.

»Sehr wohl, Euer Majestät«, sagte er obenhin und arrangierte das Geschäft.

Friedrich Wilhelm nahm erfreut zur Kenntnis, dass sein Secretair endlich zur Vernunft gekommen.

Die zwölf Mohren wurden von Amsterdam nach Potsdam verbracht.

Der kleinste maß sieben Fuß neun Zoll, der größte glatt

acht Fuß. Sie verstanden die Aufregung nicht, die um sie veranstaltet wurde, begrüßten es aber, dass man ihnen die Ketten abnahm.

Als es dunkel wurde, fiel dem stark betrunkenen Könige auf, dass die Mohren, die er für sein Abendessen im Halbkreise um seinen Tisch hatte aufstellen lassen, kaum mehr zu sehen waren mit ihrer schwarzen Haut.

»Creutz, Creutz!«, schrie er berauscht, nachdem er alle Kerzen ausgeblasen, um die Wirkung zu mehren. »Die Mohren verschwinden in der Nacht! Man siehet sie nicht mehr! Sie sind die perfecte Waffe!«

»Jawohl, Euer Majestät«, murmelte Creutz, der an die Wand gelehnt stand, gelangweilt.

Die uniformierten Mohren hatten keine Ahnung, worum es ging. Sie fanden den kleinen dicken Mann, der hier offenbar das Sagen hatte, jedoch ausgesprochen amüsant, und einige zeigten ihre weißen Zähne, die trotz der schwachen Beleuchtung hell strahlten.

Friedrich Wilhelm wurde nachdenklich. Gute Laune schien die Tarnfähigkeit der Mohren erheblich zu schmälern.

»Wir müssen ihnen unbedingt beibringen, dass im Kriegsfalle nicht gelachet wird. Notieret das!«, sagte er zu Creutz, ergriff seine Gabel und aß weiter.

»Jawohl, Euer Majestät«, antwortete Creutz und malte in sein Notizbuch mit Bleistift einen Galgen, an dem ein Männchen baumelte, das eine Crone trug.

## Das sechs und vierzigste Capitel

## Worin Gerlach hinter den Handel
mit den Riesen kommet

Trotz den mittlerweile eingetroffenen Moscowitern und den Mohren vermisste der König seinen Sachsen Gerlach sehr. Er ließ ihn aus Spandow holen und reihte ihn wieder im ersten Gliede seiner Leibcompagnie ein. Für Gerlachs Fragen nach Betje hatte er allerdings wenig Gehör, sondern sagte schlimme Dinge über sie und das Kind.

Gerlach wohnte auch nicht mehr im Schlosse, sondern zusammen mit vier anderen Riesen in der stickigen Mansarde eines Potsdamer Bürgerhauses, die bereits für einen Einzelnen von ihnen knapp bemessen gewesen wäre, und die Aura, die ihn vor den Prügeln der Officiers und Unter-Officiers bewahrt hatte, war verflogen.

Seine Cameraden freuten sich sehr, den umgänglichen Riesen wieder bei sich zu haben, und wollten wissen, wo er so lange gewesen sei. Sie hätten ihn nur selten gesehen, und dann in Begleitung einer Frau. Ob er geheiratet habe?

Ja, habe er, sagte Gerlach.

Und ob er Vater geworden sei?

Ja, sei er, sagte Gerlach.

Man beglückwünschte ihn von allen Seiten in vielerlei Sprachen.

243

Gerlach schaute traurig.

Ob etwas nicht in Ordnung sei, fragte Henrikson, der ordentlich Teutsch gelernt.

Auch Porcavi wollte wissen, was geschehen war.

Gerlach fing an zu weinen.

Die drei Freunde standen etwas abseits, und Gerlach erzählte ihnen von der Conditorstochter, an die Porcavi sich noch bestens erinnerte, sowie davon, wie er mit ihr zusammengekommen, und dass sie mit ihrem gemeinsamen Kinde vom Hofe verjaget worden sei und er verhaftet und nach Spandow geschaffet. Und nun sei er wieder hier und wisse nichts von seiner Familie.

Henrikson stieß in seiner Muttersprache heftige Flüche gegen den König aus und erzählte, dass er in der Zwischenzeit nicht untätig gewesen sei: Mehrmals habe er in Potsdam Feuer geleget, in der Absicht, die Stadt niederzubrennen, um in der Aufregung zu fliehen, doch sie seien alle rasch gelöschet worden.

»Pokker!«, knurrte er.

»Rasshøler!«, sagte Gerlach.

Henrikson lachte.

Gerlach bemerkte, dass einige der Riesen der Leibcompagnie fehlten.

Henrikson erzählte ihm weshalb: Sprecher sei executieret worden, weil er einen Corporal geschlagen, Jenicke gehänget nach einem gescheiterten und zugegebenermaßen ungeschickten Fluchtversuche, und Gasard habe sich erschossen, weil er Spanien so sehr vermisset. Er habe bei einer Schießübung eine Patron und einen Flintstein mitgehen lassen, später damit seine Waffe geladen, sich einen Schuh ausgezogen, den Gewehrlauf in den Mund gehalten und mit der nackten Zehe abgedrücket. Zwilligmeier schließlich sei stranguliert worden, weil er seinen Wirt ermordet habe, um selbst hingerichtet zu werden.

Gerlach schwieg. Er kannte die Kümmernis nur zu gut, von seiner Heimat und seinen Liebsten getrennt zu sein und jeden Tag gedrillt und geprügelt zu werden, und es hatte ihn in Spandow viel Disciplin gekostet, nicht zu zerbrechen.

Der sanfte Porcavi war nicht mit solcher Willensstärke gesegnet, obgleich ihm die Marter der Festungshaft erspart geblieben. Er machte einen seltsam leblosen Eindruck, wie eine an Fäden aufgehängte Gliederpuppe, die nach der Vorstellung zurück in ihre Schachtel gelegt wird, und sprach kaum.

Henrikson hingegen schien entschlossen, jederzeit einen nächsten Versuch zu unternehmen, den König und seine Garnison zu vernichten. Ihn würde Gerlach im Gegensatze zu Porcavi nicht lange zu einer Flucht überreden müssen.

Er überlegte, wo er anfangen sollte.

Dass in Preußen ein organisierter Riesenhandel betrieben wurde, hatte er schon längst beobachten können, und dass Schmidt damals nicht zufällig auf ihn gestoßen war, konnte er sich ebenso denken. Er rechnete sich aus, dass die Leute, die im Hintergrunde dieses criminalen Geflechtes die Hinweise erteilten und ihn in Sachsen aufgespürt hatten, auch herausfinden konnten, wo sich Betje und das Mädchen aufhielten.

Eines Tages sah er einen Officier in der Stadt, einen gut-gekleideten Mann von gedrungener Statur, mit einem dicken Hintern, einem harten Munde und weißer Perücke, der dem Könige im Winter zuvor mehrmals hintereinander Riesen überbracht hatte.

Gerlach folgte dem Werber durch Potsdam, bis dieser in eine Seitengasse abzweigte, wo er ihn von hinten ansprach: »Verzeihung, Gnädiger Herr?«

Der Officier drehte sich zu ihm um. Er hatte jemanden von gewöhnlicher Körpergröße erwartet und sah auf Ger-lachs Brust. Er hob den Kopf.

»Ja?«

»Wie findet Ihr uns?«

Der Mann verstand nicht. »Wovon sprechet Ihr?«, fragte er.

»Von uns. Den Riesen. Woher wisset Ihr, wo wir zu finden sind?«

Gerlachs Stimme blieb freundlich, doch in seinen Augen musste sich etwas gezeigt haben, das den Mann zurückwei-chen ließ.

»Was willst du!«, fauchte er und legte seine Hand auf den Griff seines Degens.

Gerlach machte einen Schritt auf ihn zu und legte damit eine Distanz zurück, für die andere zwei oder drei dieser Fortbewegungseinheiten benötigt hätten. Er packte den Werber am Halse, stieß ihn gegen die Hausmauer und schob ihn mit einem Arme daran hoch. Mit der anderen Hand nahm er ihm den Degen weg und warf ihn hinter eine mor-sche Holzkiste.

Der Mann, er war stark parfümiert, griff nach Gerlachs

Hand, die seinen Hals fast gänzlich umspannte, und krächzte: »Lass los!«

»Ihr habet meine Frage nicht beantwortet«, sagte Gerlach.

Der Werber hampelte an der Wand herum und versuchte unsinnigerweise weiterhin, den Griff des Riesen zu lösen. Gerlach würgte den Mann fester, dessen Perücke zu Boden gefallen war, ebenso sein fetter Geldbeutel und ein kostbares Klappmesser.

»Hansen«, stieß der Mann hervor, »Hansen!«

»Wer ist Hansen?«

»Er … handelt … mit Informationen!«

»Wo finde ich ihn?«

Nun war das, was der Mann von sich gab, nicht mehr verständlich und seine Gesichtshaut nahm eine beunruhigende Farbe an.

Gerlach ließ ihn los. Der Werber rutschte an der Mauer entlang zu Boden und hielt keuchend seinen Hals.

»Wo!«, sagte Gerlach und stellte sich über ihn.

»Berlin! Berlin! Ich bringe Euch zu ihm!«, rief der Officier und hielt schützend seine Arme über den Kopf.

»Gehen wir. Wenn Ihr Ärger machet, seid Ihr ein toter Mann.«

Der Werber erhob sich und bedachte Gerlach mit einem wütenden Blicke, schien sich aber zu fügen, denn er krächzte, die Hand am Halse: »Wir nehmen meine Kutsche.«

Gerlach hob das Geld und das Messer auf und wies dem Officier mit einem nachdrücklichen Lächeln den Weg aus der Gasse heraus.

Die Kneipe, in der einst Gerlachs Schicksal unabwendbar gemacht worden, ebenso jenes von Corneli und vielen anderen Männern, stand in ihrem üblichen Dunste aus Tabak, Bier, Bratfett und Schweiß.

An einem Tische saß Hansen, das Haar pomadiert, mit neuen Sammetkleidern in Karmin und neuer Begleitung in Honigblond, die einen Manteau von aschergrauem *Lampas liséré* trug; einem Stoffe, der gerade sehr im Schwange stand.

Hansen sah den hereingekommenen Officier, lächelte, erblickte Gerlach und hörte auf zu lächeln.

Hansens Leibwache bemerkte es und stellte sich neben den Tisch.

Der Werber sagte zu Gerlach: »Da ist er.«

Sie traten vor Hansen hin.

Hansen fragte: »Capitain Schultze, wer ist der junge Mann?«

»Mein Name ist Gerlach.«

»Gerlach, Gerlach, Gerlach«, sagte Hansen und sah mit seinem einen Auge zur Decke, »das saget mir doch was...«

»Ihr habet vermutlich damals Schmidt gesaget, wo ich zu finden sei.«

»Mag sein«, sagte Hansen und lächelte.

»Ich benötige eine Auskunft von Euch«, sagte Gerlach.

»Oh«, sagte Hansen, »ich dachte schon, Ihr wollet mir zu Leibe rücken.«

»Nein. Ich brauche Eure Hilfe.«

Die Leibwache zog sich nach einem Blicke zu Hansen, der kurz nickte, wieder zurück.

Gerlach und Schultze setzten sich Hansen gegenüber auf die Holzbank.

»Meine Hilfe?«

»Eine Information.«

»Wie lustig«, sagte Hansen, »die Information will eine Information.«

Schultze lachte nervös.

»Was für eine Information?«, fragte Hansen.

Gerlach bat darum, zu zweit sprechen zu können.

Hansen schickte die hübsche Frau mit den milchig blauen Augen fort. Sie erhob sich mit der fließenden Eleganz einer Schlange. Schultze blieb sitzen.

»Bitte gehet«, sagte Gerlach zu ihm.

»Mein Geld«, sagte Schultze vorwurfsvoll und wies auf den Beutel, den Gerlach auf den Tisch gelegt hatte.

»Das benötige ich. Das Menschenrauben hat Euch gewiss genug davon eingebracht. Gehet itzo.«

»Mein Geld!«, sagte Schultze und sah hilfesuchend zu Hansen.

Der freute sich über die Schau, die ihm geboten wurde, und hob mit gespieltem Bedauern die Schultern.

Gerlach legte Schultze die Hand auf den Oberarm und schob ihn leichtens von der Bank herunter. Der Officier erhob sich, klopfte sich den Rock ab und wurde von Hansens Leibwache zur Tür geführt, wobei er mehrmals sein Geld erwähnte, was aber im Lärme unterging.

»Also«, sagte Hansen. »Ihr wollet wohl wissen, wo die Riesin mit dem Kinde ist?«

Gerlach war überrascht, dass Hansen davon wusste, doch nach kurzem Überlegen erschien es ihm naheliegend.

Er nickte, während Tränen in seine Augen schossen. Der

Wunsch, Betje und seine Tochter wiederzusehen, war mit Hansens Frage zu einer greifbaren Möglichkeit geworden.

»Ich weiß es nicht, aber ich kann es herausfinden«, sagte Hansen.

»Was kostet das?«

»Das da«, sagte Hansen und wies auf Schultzens Beutel. Die Leibwache hielt die offene Hand vor Gerlach hin. Gerlach sah auf und legte den Beutel hinein. Wie eine Zugbrücke hob sich der Arm des Mannes wieder.

»Ich brauche aber noch mehr Informationen«, sagte Gerlach.

»Dann brauche ich einen zweiten Beutel«, lächelte Hansen.

»Ich habe etwa siebenhundert Thaler«, sagte Gerlach.

Sein Handgeld und sein Sold sowie diverse kleine Zuwendungen des Königes ergaben ungefähr so viel.

»Das reichet ziemlich weit«, sagte Hansen. »Was wollet Ihr noch wissen?«

»Wie ich und meine zween Freunde von hier flüchten können.«

Hansen hob freudig interessiert die Augenbrauen.

*Das sieben und vierzigste Capitel*

*Worin Schmidt einen kurzen Ausflug
nach Hamburg unternimmt*

Hansen hatte durch seinen Kontakt am Hofe vernommen, dass der König stolzer Eigentümer einiger Mohren geworden war, sich jedoch schwere Vorwürfe machte, nur deren zwölf als Gegenwert für seine Colonie Groß Friedrichsburg genommen zu haben, wo es doch in Africa bestimmt noch mehr gebe. Er wünschte sich sehnlichst weitere.

Hansen sah den richtigen Moment gekommen und suchte Schmidt in dessen grausigem Zimmerchen auf, zusammen mit seiner Leibwache.

Der einst hochangesehene Riesenlieferer saß stinkend und mit krausem Barte auf seinem ungemachten Bette. Er trank nun auch am Vormittage, wodurch sein Tag aus kaum etwas anderem mehr bestand.

Es sei so weit, sagte Hansen.

Schmidt schwieg.

Hallo, Monsieur Schmidt, sagte Hansen und winkte vor dessen Gesichte herum.

Schmidt murmelte etwas Müdes und hob sein Glas zum Munde.

Er habe einen Plan, sagte Hansen fröhlich.

Schmidt trank und ließ das Glas mit starrem Blicke wieder zwischen seine Beine sinken.

Der Plan, fuhr Hansen weiter, ermögliche es Schmidt nicht nur, seine ganze Schuld auf einmal zu begleichen, sondern auch noch etwas dazuzuverdienen, um eine neue Existenz aufzubauen.

Eine neue Existenz, großartig, sagte Schmidt sarcasmisch, ergriff die Flasche Brandwein, die neben ihm auf dem Boden stand, und goss sich nach.

So klappe der Plan aber nicht, klagte Hansen, wenn Schmidt besoffen sei.

Die Leibwache nahm Schmidt die Flasche weg.

Schmidt brauche den Geist beisammen für seinen Auftritt am Hofe, erklärte Hansen, und er müsse sich waschen und rasieren; er gebe ja ein noch schlimmeres Bild ab als damals in Spandow. Ob er noch gute Kleider habe?

Schmidt nickte und wies mit dem Glase in der Hand auf einen Koffer, der hinter der Tür stand.

Die Leibwache nahm den Koffer hervor, suchte das beste Hemd, einen guten Rock und eine passende Culotte heraus und steckte sich alles in die Umhängetasche. Schmidt sah zu, als habe die ganze Angelegenheit nichts mit ihm zu tun.

Hansen sagte, er werde die Sachen reinigen lassen, und Schmidt solle am kommenden Donnerstagmorgen bereitstehen, sauber und nüchtern, um beim Könige um Audienz zu bitten.

Sauber und nüchtern, sagte die Leibwache mit tiefer Stimme.

Hansen und Schmidt wandten überrascht ihre Köpfe zu dem Manne hin.

An besagtem Tage sprach Schmidt beim Könige vor; glatt-rasiert, wohlriechend und beinahe im Besitze seiner alten Kraft. Hansen hatte ihm präcise Anordnungen gegeben.

Was er wolle, fragte der König; ob Schmidt ihm Riesen anzubieten habe.

Ja, sagte Schmidt, Mohren. Mehrere.

Der König hielt den Rücken gerade: Mohren? Ob sie schon hier seien, hier in Preußen?

Noch nicht, sagte Schmidt. Er plane eine Expedition nach Africa.

Nach Africa!, rief der König und öffnete seine blauen Augen weit.

Nach Africa, nickte Schmidt. Er beabsichtige, eine Han-delscompagnie zu gründen, die in einer vereinfachten Form des transatlantischen Dreieckshandels operiere: Man lasse America aus, die Überfahrt sei ohnehin gefährlich, und bringe lediglich preußische Tuche und andere einheimische Producta, wie beispielsweise das begehrte Pigmentum *Ber-linisch Blau,* nach Africa, wo man die Waren handele; gegen Geld, aber auch gegen schöne und große Mohren für das Leibbataillon. Es sei ein sicheres und einträgliches Vorhaben.

Der König überlegte.

Wie viel Schmidt benötige, wollte er wissen.

Für den Anfang nicht viel, sagte dieser; ein Credit von dreißigtausend Thalern reiche aus...

Der König sah vorsichtig zu Creutz, doch der betrach-tete bloß gähnend seine Fingernägel.

...für die Gründung der Compagnie, den Kauf eines kleinen Frachtschoners und einiger Canonen sowie für die Heuer und Bewaffnung der Besatzung.

Der König überlegte weiter.

*Ich hätte itzo Lust auf ein Glas Brandwein,* dachte Schmidt.

Er werde ihn wissen lassen, wie er sich zu seinem Projecte stelle, sagte Friedrich Wilhelm schließlich zu Schmidt, der sich tief verbeugte und ihn seiner absoluten Discretion und Ergebenheit versicherte.

Was Creutz davon halte, fragte der König, nachdem Schmidt sich verabschiedet hatte.

Creutz zuckte mit den Schultern. Die Idee sei nicht schlecht, meinte er, man müsse sich eigentlich bloß vor den africanischen Corsaren in Acht nehmen.

Der König nickte.

Und vermutlich auch vor Schmidt, fügte Creutz an.

Wieso dies, fragte der König; Schmidt sei ein alter Bekannter, der seine Sache immer gut gemachet habe.

Abgesehen vom Zimmermanne, gab Creutz zu bedenken.

Das sei unglücklich gewesen, fürwahr, nickte der König, aber Schmidt habe ja für sein Missgeschick geradegestanden.

Trotzdem, sagte Creutz; der Mann sei ein Strauchdieb, und ein Strauchdieb im Dienste der Crone sei immer noch ein Strauchdieb.

Der König widersprach, für Unternehmungen solcher Art seien entschlossene, kampferprobte Männer gefraget, keine affigen Diplomaten. Schmidt sei ein Mann mit Schneid und darumben der Richtige.

Schmidt bekam den Credit, zahlte seine Schulden bei Hansen und flüchtete nach dessen Anweisung mit dem Rest des Geldes nach Hamburg, wo er sich auf einem Dreimaster einschiffte, der am darauffolgenden Morgen nach der britischen Colonie Massachusetts Bay fahren würde.

In einem Gasthause genehmigte er sich einige Gläser Bier, Wein und Schnaps.

Als er zum Urinieren auf die Gasse wankte, überwältigten ihn drei preußische Agenten, die ausgeschickt worden waren, seiner habhaft zu werden.

Man brachte ihn zurück nach Berlin, machte ihm wegen Betruges, Landesverrates und Majestätsverbrechens den Process und hängte ihn noch am selben Tage auf.

Von dem Gelde, das man bei ihm fand, übergab man, als Prämie für den Hinweis, dass ein Hochstapler in Berlin geprahlet habe, vom Könige einen hohen Credit für eine Handelscompagnie ergaunert zu haben und damit über Hamburg nach America echappieren zu wollen, zweitausend Thaler an einen freundlichen, fürnehm gekleideten Herrn, der nur ein Auge besaß.

## Das acht und vierzigste Capitel

### Worin Hansens Mutter
### einen hilfreichen Beitrag leistet

Betje befindet sich im Kloster Arendsee«, sagte Hansen, als er Gerlach in einer Potsdamer Kneipe traf. »Die Benediktinerinnen haben sie aufgenommen.«

Gerlach wurde heiß und leicht im Bauche, und er wagte kaum, nach seiner Tochter zu fragen. Gewiss, er würde glücklich sein, wenn er Betje wieder in seine Arme schlösse, doch was für ein Glück sollte das sein, wenn ihr Kind nicht mehr lebte?

»Dem Mädchen gehet es gut«, sagte Hansen, der Gerlachs Gedanken leicht erraten konnte.

Und Gerlach weinte schon wieder, aber diesmal vor Freude.

»Und… der Plan?«, fragte er mit gedämpfter Stimme, nachdem er sich gefasst.

Hansen lächelte: »Genau. Der wird Euch gefallen.«

Hansen machte eine seiner eitlen Pausen.

Nachdem er fand, Gerlach habe ihn genügend lange neugierig angesehen, fuhr er weiter: »Ich habe einen neuen Clienten, Capitain Natzmer. Er hatte kürzlich eine betrübliche Begegnung mit Seiner Majestät.«

»Nämlich?«, fragte Gerlach.

»Er hat einen zwar großen, aber hässlichen Recrouten angeworben. Das gefiel dem Könige gar nicht. Dabei hatte mein Client schon mit einer dicken Löhnung gerechnet. Stattdessen musste er, und hier kommen wir zum Thema, den Recroutierten persönlich wieder außer Landes schaffen.«

Hansen lächelte.

Gerlach überlegte kurz und sagte: »Aber soweit ich weiß, bin ich nicht hässlich.«

»Nein.«

Hansen bestellte zwei Bier.

»Und meine Cameraden auch nicht.«

»Nein. Aber blöde.«

»Wie bitte?« Gerlachs Stimme klang etwas wütend.

»Gemach, mein Bester. Das ist nicht meine Meinung. Das ist die Meinung derer, die sie sehen werden, wenn Ihr die beiden außer Landes führet.«

»Ich?«

»Als Officier.«

»Ich verstehe nicht.«

Hansen verdrehte sein Auge und sagte: »Es ist doch ganz einfach. Ihr verkleidet Euch als Officier, die zween anderen geben vor, Cretins zu sein, und auf diese Weise echappieret Ihr nach Westen. Auf den Spuren von Capitain Natzmer. Na? Wie findet Ihr meinen Plan?«

Gerlach überlegte.

»Und wie komme ich an eine Officiersuniform?«

»Das lasset meine Sorge sein. Auch die Instrumenta zur Orientierung.«

Die zwei Bierhumpen wurden gebracht.

Sie tranken einen Schluck.

»Dass sich Wusterhausen besser eignet für dieses Vorhaben als Potsdam«, sagte Hansen, »darauf seid Ihr schon selbst gekommen, nehme ich an. Der König fähret ja bald.«

Gerlach nickte.

»Dann hoffen wir mal, er nimmt Euch alle drei dahin mit. Euch, vor allem.«

In diesem Punkte war sich der in Ungnade gefallene Gerlach auch nicht sicher.

Zwei Wochen darauf reiste Friedrich Wilhelm nach Wusterhausen.

Gerlach nahm er nicht mit.

Auch Henrikson und Porcavi nicht. Dafür seine Lieblinge, die zwölf Mohren, die er, seit klar war, dass Schmidt keine zusätzlichen beschaffen würde, ständig um sich haben wollte.

»Mühsam, sehr mühsam«, sagte Hansen, als er Gerlach wenig später wieder traf. »Itzo müssen wir die Wachen in Potsdam bestechen.«

Gerlach sagte, er habe kein Geld mehr.

Hansen sagte, das sei im Preise inbegriffen.

Gerlach wurde misstrauisch und fragte weshalb.

Nur so, sagte Hansen, er habe ein paar profitable Monate hinter sich.

Die Wahrheit bestand darin, dass Hansen seiner Mutter beim Sonntagsbesuche die Geschichte vom Riesen erzählt hatte, der seine Frau und sein Kind wiederfinden wolle, und sie ihm gesagt hatte, er könne ruhig auch mal jeman-

dem helfen, anstatt sich ständig am Leide anderer zu berei-
chern.

Daraufhin beschloss Hansen, beides zu tun.

Er vereinbarte mit Gerlach einen Termin für die Flucht und
nannte ihm den Ort vor der Stadt, wo er die Officiersuniform und die Civilkleider verstecken würde.

Drei Tage später trafen sich Gerlach und Henrikson
abends zur zehnten Stunde am Rathause beim Alten Markt.
Auch Porcavi war dabei. Erst hatte er in der Flucht keinen
Sinn gesehen und eigentlich in überhaupt nichts mehr, war
aber durch Gerlachs gezielte Erkundigungen über Sicilien,
vor allem über die Sicilianerinnen, in eine derartige Schwär-
merei geraten, dass er schließlich kaum mehr zu halten war.

Die Glockenschläge der nahen Sankt-Katharinen-Kirche
verklangen. Die drei Riesen schauten einander kurz und
entschlossen in die Augen und marchierten los, zum Stadt-
graben.

Vor der Nauener Brücke, einem kleinen alten Holzbau,
der über den erdigen Graben führte, stand ein Schilderhaus
mit zwei Wachen. Der diensthabende Corporal nickte
den drei Grenadieren kaum merklich zu und sagte zu dem
Soldaten an seiner Seite: »Können passieren.«

Nachdem sie die Lindenstraße gekreuzt hatten und in
die Pflugstraße eingebogen waren, kamen sie zur Wache an
der Holzbrücke über die Havelbucht, wo sie ebenfalls auf
keinen Widerstand stießen.

Sie überquerten die Brücke und näherten sich dem letzten
Posten auf der anderen Seite.

Dahinter, etwa eine halbe Meile vom Stadtschlosse

entfernt, begann die Allee gegen Pannenberg und damit ihre noch verletzliche Freiheit.

Vor dem Schilderhause standen zwei Grenadiere.

Einer war der mittlerweile zum Sergeanten beförderte Boltz, ihr übelster Schinder.

»Sieh an, sieh an«, sagte er und spannte, wie der Soldat neben ihm, den Hahn seiner geladenen Flinte, »die Deserteurenschweine.«

Die drei Riesen erschraken. War Boltz etwa nicht bestochen worden? Oder war er die Vertretung für einen anderen Unter-Officier?

»Verzeihet, Cameraden«, sagte Boltz boshaft, »aber zusätzlich zum Schmiergelde Eures feinen Freundes winken noch die zwölf Thaler, die ich für jeden eingefangenen Deserteur bekomme. Also. Hände hoch.«

Boltz und der Soldat schlugen die Gewehre an.

## Das neun und vierzigste Capitel
### Worin ein kleines Mädchen fluchen lernet

Der Soldat kam nicht zum Schießen.

Bevor er richtig zielen konnte, war Henrikson bei ihm und stieß ihm sein Messer in den Hals. Der Mann gab ein hässliches Gurgeln von sich, als Henrikson die Klinge wieder herauszog.

Boltz seinerseits hatte zwar abdrücken können, doch noch bevor der Lärm seines Schusses von den Hausmauern auf der anderen Seite der Bucht widerhallte, erledigte Henrikson auch ihn. Boltz gab eine letzte Beleidigung von sich, bevor er rückwärts ins Schilderhaus hineinsank.

Als Henrikson sich umsah, erblickte er Gerlach, wie er sich über Porcavi beugte, der auf den Holzplanken lag.

Er war mitten in die Brust getroffen und keuchte beängstigend.

»Komm!«, rief Henrikson leise zu Gerlach.

Sie hatten keine Zeit. Boltzens Gewehrfeuer würde bald für einen Aufmarsch sorgen.

»Aber … Porcavi!«, sagte Gerlach.

»*Forbi!* Komm!«

Gerlach gab dem sterbenden Freund noch einmal die Hand und flüsterte eine traurige Bitte um Verzeihung, was

Porcavi einen weltläufigen italienischen Commentar entlockte.

Dann erhob er sich langsam und begann, an der Seite des
drängenden Henrikson im sommerlichen Dämmerlichte
die Allee hinabzulaufen.

Hinter ihnen erklangen bereits Befehle.

Wie Hansen es versprochen, fanden sie hinter einer umgestürzten Eiche einen mit Zweigen zugedeckten Jutesack,
in dem sich Wolldecken befanden, ein Officiersrock und
die dazugehörigen Insignien sowie einige Bauernkleider,
Proviant, ein Compass und eine Landkarte. Darauf war der
Weg nach Arendsee eingezeichnet.

Sie schliefen im Walde. Am nächsten Morgen zogen sie sich
um. Während Henrikson im Walde ihre Uniformen vergrub sowie jene Kleider, die Porcavi nun nichts mehr nützten, begab sich Gerlach im Eilschritte zu einem kleinen
Hofe, wo er dem Bauern in bellender Stimme befahl, sofort
ein Pferd herzugeben; er sei in königlicher Mission unterwegs und habe seinen Hengst totgeritten, er müsse einen
entflohenen Soldaten einfangen.

Der beeindruckte Bauer übergab ihm eine gesattelte
Schimmelstute. Gerlach bedankte sich im Namen des preußischen Königes und preschte in den Forst hinein.

Sechsmal begegneten sie anderen Menschen, dreimal davon
Soldaten.

Gerlach, der sich jeweils als Capitain Strateman vor-
stellte, spielte die Rolle des Officiers, der einen vom Könige

abgewiesenen Recrouten zurückzuschaffen hatte, ebenso überzeugend wie Henrikson den Schwachsinnigen. Er machte gemeine Witze über den zurückgebliebenen Norweger, der an den Händen gefesselt hinter ihm hertrottete, leicht schielte und Geräusche von sich gab wie ein müdes Schaf.

Die Soldaten lachten und zogen weiter.

Vor Arendsee trennten sie sich.

Henrikson übernahm das Pferd, er wollte gleich weiter nach Norden.

Die beiden Riesen umarmten einander.

»Viel Glück«, sagte Gerlach.

»*Lykke til*«, sagte Henrikson.

Sie sollten sich niemals wiedersehen.

Aber die kleine Edda beherrschte schon bald ein paar deftige norwegische Flüche.

## Das letzte Capitel
## Worin der König bilancieret

Viel, viel später saß der preußische König Friedrich Wilhelm in einem Rollstuhle auf wuchtigen Eisenrädern in seinem Arbeitszimmer.

Er wog jetzt über zweihundertsiebzig Pfund. Seine Beine waren prall vom Wasser, die Luft war ihm knapp, und die Gicht verursachte ihm grauenvolle Schmerzen in allen Gliedern. Obgleich ihm seine Ärzte etwas anderes erzählten, ahnte er, dass sein Ende nahte.

Auf dem Tische vor ihm lag ein dünner Quartband mit goldverziertem Deckel. Er schlug das Büchlein auf, wo auf der ersten Seite geschrieben stand:

*Rechnung über meine Dukaten von anno 1698.*
*Friedrich Wilhelm Churprinz.*

Er hatte es seit über fünfunddreißig Jahren nicht mehr in der Hand gehabt. All die Zeit hatte es in einer Truhe gelegen, mit einigen anderen Erinnerungen.

Der König blätterte um.

Das Papier, schon brüchig, war in zwei Spalten unterteilt. Über der linken stand *Einnahme* und über der rechten *Dukaten*.

Friedrich Wilhelm las:

| | |
|---|---|
| *Anno 1697 habe ich in Bestande erhalten* | 42 |
| *Anno 1698 d. 4. Aug. haben mir Ihro Gnad. mein* | |
| *Herr Vater auf meinen Geburtstag geschenket* | 100 |
| *Anno 1699 d. 27. Dez. haben mir Ihro Gnad.* | |
| *mein Herr Vater bei dem Eintritte des heil.* | |
| *Christfestes geschenket* | 100 |
| *Anno 1700 d. 14. Aug. haben mir Ihro Gnad.* | |
| *mein Herr Vater auf meinen Geburtstag* | |
| *geschenket* | 100 |

Der König blätterte weiter zur nächsten Seite mit dem
Worte Ausgabe oben links.

| | |
|---|---|
| *An Hermannen, für Flitzpfeile und einen großen* | |
| *Vogelbauer* | 4 |
| *Einem Schweizer Mägdlein, die auf dem Schlosse* | |
| *getanzet hat* | 2 |
| *Dem Falkenier auf der Reiherbeize zu Potsdam* | 3 |
| *In der Karte habe ich verspielet* | 10 |
| *Einem Augspurgischen Goldschmiede* | 43 |
| *Zu Oranienburg habe ich verloren* | 1 |

Friedrich Wilhelm erinnerte sich, wie er der Magd für ihren
Tanz zwei Dukaten überreicht, später auf seiner Kammer
sein Ausgabenbüchlein hervorgenommen und den Betrag
hineingeschrieben hatte, so wie er es nach dem missglück-
ten Kartenspiele getan.

Auf der nächsten Seite, die Aufzeichnung war im Jahre 1702 angelangt, stand zu lesen:

| | |
|---|---:|
| *Für ein Tintenfass und Pergament* | *1* |
| *Für einen Hund zu füttern* | *1* |
| *Für Reparatur der Trommeln und Stöcker* | *1* |
| *An die Feuerwerker und Bombardiere* | |
| *in Wusterhausen* | *10* |
| *Dem Schwertfeger, für Degenscheiden u.s.w.* | *29* |
| *Für 3 Canonen so ich gekaufet habe* | *20* |

Der König strich sanft über das Papier.

Er war schon als Kind genau gewesen mit dem Gelde und hatte auch später penibel Buch geführt, um stets sicher sein zu können, dass er zu keiner Zeit mehr ausgab, als er eingenommen. Dieser Disciplin war es zu verdanken, dass er, der von seinem Vater einst zwanzig Millionen Thaler Schulden ererbt, seinem eigenen Sohne nun einen Staatsschatz von zehn Millionen überlassen durfte.

Allerdings, und er empfand dies als ausgesprochen ärgerlich, würde die Rechnung noch weitaus erfreulicher ausfallen, wäre da nicht die Sache mit den Riesen gewesen. Zwölf Millionen Thaler hatte er aufgewandt für *Seiner Königlichen Majestät Rothe Grenadierer.*

Neben Friedrich Wilhelm brannte ein Kaminfeuer, und darin brannten die Papiere, die auswiesen, wie viel er bezahlt hatte für Gerlach und für den mindestens so teuren Henrikson, den noch viel teureren Porcavi und die französischen Riesenzwillinge, die nie gekommen waren, sowie für all die anderen, auf die er bis zum heutigen Tage wartete.

Der König zerknüllte einen weiteren Beleg und warf ihn in die Flammen.

Darauf hatte gestanden, wie viel er für James Kirkland ausgelegt hatte, den fast sieben Fuß großen Giganten aus Irland; eine seiner kostspieligsten Anschaffungen.

Friedrich Wilhelm beobachtete, wie das Papier aufloderte, verkohlte und schließlich in sich zusammenfiel.

Er würde dem Cronprinzen raten, das *Königsregiment*, die in seiner Regierungszeit auf dreieinhalbtausend Mann angewachsene Riesengarde, aufzulösen.

*Einem armen Manne*                                  | 3

Der König lächelte, ergriff mit schmerzenden Fingern den Deckel des alten Büchleins und klappte es langsam zu.

## Danksagung

Mein tiefer Dank gebührt folgenden Personen:

zuallererst der guten Déborah, die seit nunmehr zwanzig Jahren an mich und meinen Weg glaubt;

Alexa Bender, einer präzisen Kennerin des 18. Jahrhunderts, die meinen Figuren die von mir falsch ausgewählten Kleider wieder ausgezogen und sie in die historisch korrekte Garderobe gesteckt hat *(marquise.de)*;

Dr. Erika Hebeisen vom Schweizerischen Landesmuseum, die zusammen mit ihren Experten Jürg Burlet und Jürg Mathys meine waffentechnischen Fragen beantwortet hat;

Matthias Horvath, der mich hinsichtlich der Hirsch- und Rebhuhnjagd aufgeklärt hat;

Manfred Olding und Lutz Wölfel, die Licht in die unübersichtliche, duodezimale Welt der neuzeitlichen Numismatik bringen konnten *(manfred-olding.de, muenzen-halle.de)*;

sowie Volker Oppmann für die norwegischen Flüche und Niels Vije für den holländischen, der übrigens bedeutet: *Nimm deine Missgeburt und scher dich zum Teufel!* Wobei *misbaksel* wörtlich *missratene Backware* heißt – eine wunderbare Beleidigung.

Auch der Stadt Zollikon für ihren 2013 verliehenen Anerkennungspreis sowie der UBS Kulturstiftung und der Hans Vontobel Stiftung, die beide die Erstellung dieses Buches unterstützt haben, gebührt mein Dank.

Thomas Meyer
im August 2015

# Bibliographie

Beck, Schoeps (Hrsg.), *Der Soldatenkönig, Friedrich Wilhelm I. in seiner Zeit.* Potsdam 2003.

Corbin, *Pesthauch und Blütenduft.* Berlin 1984.

Fischer-Fabian, *Preußens Gloria.* Köln 2013.

Fischer-Fabian, *Ritter, Tod und Teufel.* Bergisch Gladbach 2004.

Flemming, *Der vollkommene teutsche Soldat.* Leipzig 1726, Nachdruck Graz 1967.

Friedländer, *Schriften des Vereins für die Geschichte Berlins,* Heft xxxviii. Berlin 1902.

Fuhrmann, *Die Langen Kerls, Die preußische Riesengarde 1675 /1713–1806.* Berlin 2007.

Heinrich, *Aberglauben im 18. Jahrhundert, 225 Sprüche und Rituale, aus: Uhuhu!! oder Hexen-, Gespenster-, Schatzgräber- und Erscheinungsgeschichten.* Erfurt 1792, Kindle-Edition.

Hummrich, *Beiträge zur Sprache König Friedrichs Wilhelms I. von Preußen.* Greifswald 1910, Faksimile-Nachdruck Michigan 2013.

Kathe, *Der »Soldatenkönig«.* Berlin 1978.

Kloosterhuis, *Legendäre »lange Kerls«, Quellen zur Regimentskultur der Königsgrenadiere Friedrich Wilhelms I. 1713–1740.* Berlin 2003.

Kloosterhuis, *Soldatenkönigs Tafelfreuden.* Berlin 2009.

Körber, *Die Zeit der Aufklärung, Eine Geschichte des 18. Jahrhunderts.* Darmstadt 2006.

Krauske, *Die Briefe König Friedrich Wilhelms I. an den Fürsten Leopold zu Anhalt-Dessau.* Berlin 1905, Book Renaissance.

Kroener, *Potsdam, Staat, Armee, Residenz in der preußisch-deutschen Militärgeschichte.* Frankfurt am Main, Berlin 1993.

Neumann, *Friedrich Wilhelm 1., Leben und Leiden des Soldatenkönigs.* Berlin 1993.

Niemeier, *Zar Peter der Große, Die zweite große Reise nach Westeuropa 1716–1717.* Hameln 1999.

Otto, *Gundling, Akademiepräsident & Hofnarr Friedrich Wilhelms 1.* Potsdam 2003.

Paulig, *Friedrich Wilhelm 1., König von Preußen, Ein Beitrag zur Geschichte seines Lebens, seines Hofes und seiner Zeit.* Frankfurt an der Oder 1889, Pubmix.com.

*Reglement vor die Königl. Preußische Infanterie von 1726.* Potsdam 1726, Faksimile-Nachdruck Osnabrück 1968.

Sabrow, *Herr und Hanswurst, Das tragische Schicksal des Hofgelehrten Jakob Paul von Gundling.* München 2001.

Schobeß, *Die Langen Kerls von Potsdam, Die Geschichte des Leibregiments Friedrich Wilhelms 1., 1713–1740.* Berlin 2007.

Schobeß, Hohenstein, *Die Potsdamer Wachtparade, Von den Langen Kerls des Soldatenkönigs zur Fußgarde Friedrichs des Großen.* Potsdam 1997.

Schultz, *Alltagsleben einer deutschen Frau zu Anfang des achtzehnten Jahrhunderts.* Leipzig 1890, Nachdruck Bremen 2012.

Semjonowa, Minin, *Das Bernsteinzimmer, Ein Weltwunder kehrt zurück.* Köln 2003.

Shaw, *Lexikon der Exzentriker.* München 2000.

Spamer, *Das Tabakskollegium und die Zeit des Zopfes.* Leipzig, Berlin 1880, Faksimile-Nachdruck Wolfenbüttel 2006.

van Dülmen, *Kultur und Alltag in der Frühen Neuzeit, Das Haus und seine Menschen.* München 1990.

van Dülmen, *Kultur und Alltag in der Frühen Neuzeit, Dorf und Stadt.* München 1992.

Venohr, *Friedrich Wilhelm 1., Preußens Soldatenkönig.* München 2001.

von Preußen, *Zu Gast bei Preußens Königen*. Köln 2008.

Zeisler, *Die »Langen Kerls«, Geschichte des Leib- und Garderegiments Friedrich Wilhelms 1*. Berlin 1993.